超武装戦闘機隊［上］

新型「毒蛇」誕生

林　譲治

コスミック文庫

この作品は二〇一八年八月・十二月に電波社より刊行された『超武装戦闘機隊（一）（二）』を再編集し、改訂・改題したものです。

なお本書はフィクションであり、登場する人物、団体等は、現実の個人、団体、国家等とは一切関係のないことを明記します。

目　　次

第一部　新型「毒蛇」誕生

プロローグ　ニューギニア攻防戦 …………………… 6
第一章　胎　動 ………………………………………… 17
第二章　練習航空隊 …………………………………… 51
第三章　渡洋爆撃 ……………………………………… 89
第四章　毒蛇戦闘機 …………………………………… 131
第五章　開戦前夜 ……………………………………… 170
第六章　昭和一六年一二月八日 ……………………… 212

第二部　ウェーク島大激戦（前）

プロローグ　米魚雷艇砲撃 …………………………… 244
第一章　夏山丸 ………………………………………… 255
第二章　戦艦プリンス・オブ・ウェールズ ………… 283
第三章　真珠湾 ………………………………………… 321

第一部　新型「毒蛇」誕生

プロローグ　ニューギニア攻防戦

1

昭和一八年、東部ニューギニア方面。ニューギニア根拠地隊に属する空母祥鳳《しょうほう》では、彗星艦爆の出動準備が進められていた。

空母祥鳳のニューギニア戦線での主な役割は、ニューギニア戦域の制空権確保と、海上輸送路の安全にある。

ウエワクからブナに至る東南から東部ニューギニアの日本軍の主要拠点は、自動車が通過可能な道路や、一部ではあるが軽便鉄道で結ぶべく工事が進められていた。さすがに距離があるため全線は開通していないが、それでも部隊の移動は迅速に行われるようになっていた。

敵襲に対して、道路や軽便鉄道による機動力を活かした部隊展開は、何度となく敵を撃退していた。

　それでも海上輸送路の重要性は変わらず、一〇〇〇トン未満の高速輸送船が少なからず海上機動に貢献していた。それらの安全を確保するのが、空母祥鳳にとっての重要な役目である。

「またぞろ、敵の魚雷艇隊が活動しているとの情報だ」

　飛行長が飛行隊長に説明する。

「情報によれば、ラエ・サラモア地区とブナの中間地点らしい。あのあたりの島嶼《とうしょ》を拠点としているようだ。大発が何隻か犠牲になった」

「ブナの監視をかいくぐって運んできたんですかね」

「潜水艦で運んできたんじゃないかという説もある。じっさいはわからん。確実なのは、連中がいるということだ」

「しかし、連中も最近は偽装がうまくなって、見つけるのは骨ですな」

「だから高速輸送船が単独で出動している。敵が動き出したら、そこを叩く」

　こうして空母祥鳳より、後にニューギニア仕様と呼ばれる彗星艦爆が出動していった。

2

ブナは日本陸海軍の最前線の航空基地であった。かつては現地人の住居が二〇足らずあるだけの村だったが、戦争がここを要塞に変えようとしていた。

要塞といっても、トーチカや砲座が連なるような要塞ではなく航空要塞である。なぜなら、ここの最大の防御はジャングルそのものが担っているからだ。マラリア予防のための蚊取り線香が戦略物資となる。そういう土地なのだ。

ニューギニア戦の要《かなめ》は、防御がジャングルであることと表裏一体の意味で道路にあった。トラックが通過できる道路の有無が、戦闘では決定的に重要になる。

陸軍では一時、ニューギニア放棄論も出ていたが、それは海軍が反対した。ニューギニアは米豪遮断の要となる場所だからだ。ここを占領すれば、オーストラリアを直接攻撃することも可能なのだ。

だから、海軍は虎の子の建設機械を扱う設営隊を投入していた。鹵獲《ろかく》した英米のブルドーザーを扱い、機械力で野戦築城を行う部隊だ。

装備だけでなく、彼らは全員が海軍軍人で編制された軍人設営隊であるので、自衛のために武器を取ることも厭《いと》わず、じっさい白兵戦でダイナマイトを投げつけて敗退させた作業班さえあった（彼らは大本営海軍部により大々的に宣伝された）。

こうした事情で、ニューギニアにはブナ・サラモア・ラエを結ぶ道路ができていた。トラック一台が通過できる程度の道ではあるが、スコールでも泥濘《ぬかるみ》にならない貴重な兵站路《へいたんろ》である。

もっともブナに関しては、船舶輸送も活躍していた。距離があるので、トラックより船のほうが効率はいい。それでも道路があれば、兵站が寸断されることはない。

このブナに連合軍の圧力が高まっているとの情報は、現地人からの情報や通信傍受、航空偵察から明らかになっていた。

ブナからは防衛のために道路が何本か内陸に向けて延びている。この道路は両刃《もろは》の剣《つるぎ》だった。日本軍は内陸部に部隊を派遣できるが、その一方で、敵軍もまたこの道路から侵攻できる。

しかし、そこはニューギニアを担当する陸軍第一七軍も計算していた。ニューギニアの密林では、敵軍は大規模な機動はかけられない。

道路があるからこそ道路の攻防戦になるが、日本軍としては道路だけを守ればブナの防衛はできる。ジャングル内のゲリラ戦を連合軍が仕掛けてきても、ゲリラ戦には限度があり、結局は道路の攻防となる。

そして道路の攻防をしている限り、連合軍側が独自の道路建設を行うという動機を削《そ》ぐことができる。膠着《こうちゃく》状態が続けば、結局、彼らも道路建設を行わざるを得ないだろう。しかし、それまでの間にブナの防備は、さらに整えられる。

この時も、陸軍は最前線の拠点に部隊を集めていた。

「これが来れば百人力だな」

戦砲隊の隊長は、六輪自動貨車に搭載された火砲を愛《め》でるように触る。六輪自動貨車は後輪四つに履帯《りたい》がまかれ、ハーフトラックのようになっていた。装輪車に、ある程度の不整地性能を与えるための工夫である。

陸軍の研究では半装軌車、つまりハーフトラックが望ましいとなっていたが、複雑な構造で価格も高いので、次善の策として六輪自動貨車に履帯を装着していた。

ニューギニアのような戦場では、これは必要なことであった。

しかし、戦砲隊の隊長が喜んだのは、車両ではなく積荷の火砲だ。それは制式前の試製五七ミリ砲であった。

もとは九七式中戦車以降の戦車砲として開発が進められていた長砲身の五七ミリ砲だったが、戦車砲は七五ミリ・クラスにすることとなり、開発の進んでいた五七ミリ砲は速射砲として運用されるようになった。

戦車砲としての開発は断念されたものが、採用されたのは野砲よりも軽量な火砲であり、山砲よりも対戦車性能が高いためだ。昨今ではこれは重要なことである。

そしてこの五七ミリ砲は、ニューギニアでは車載の運用が多かった。これは五七ミリ砲が徹甲弾も榴弾も両方使えるためと、道路を用いた待ち伏せ攻撃で機動力を活かせるためだ。

なにより野砲よりも適度に小さいので、砲兵も砲弾も一度に輸送できるというメリットは捨てがたい。砲戦車のような防循《ぼうじゅん》も戦闘室もないが、ニューギニアという特殊な戦場では割り切りは必要だ。

道路を活用するもう一つのメリットは、敵が来るであろう土地に関して測量済みであることだ。だから命中精度が上がる。

配備された車載の五七ミリ砲は二門。道路をはずれても周辺の草木は伐採され、周辺の視界は開けていた。この程度なら履帯装備のトラックも前進できる。

そうして戦砲隊の隊長が喜んでいるのもつかの間、すぐに彼らは出動することになる。

「敵戦車が接近中だ！」

「あれはM3ですね」

荷台の上で砲手が囁《ささや》く。車載速射砲の欠点は位置が高くなり、敵に発見されやすくなることだが、それを言えば戦車も同じだ。

そしてニューギニアの日本兵は、地形を巧みに利用していた。後ろ向きから窪地に入り、砲身を地面の少し上くらいの高さに出して敵を待つ。

すでに敵戦車のエンジン音や履帯の音が聞こえる。勘のいい奴は、音だけで車種を聞き分ける。

「斥候《せっこう》より入電。M3は二両だそうです」

自動貨車に車載無線機はなかったが、戦砲隊には移動用の小型無線機がある。無線電話ではなくあくまで無電で、弁当箱ほどの大きさで五キロ程度は電波が届く。このジャングルの島では五キロ届けば御の字だ。

「引きつけて撃て！」

隊長は命じる。

五七ミリ砲は優秀な火砲ではあったが、世界の対戦車砲の水準では、すでに非力な部類に入りつつあった。だからこそ、日本陸軍も七五ミリに舵を切ったのだ。

ただ、歩兵用としては扱いやすい火砲であったが、相手が戦車となれば、ここは慎重にならざるを得ない。砲戦となれば剝き出しの火砲は脆弱《ぜいじゃく》だ。

「撃てっ！」

甲高い音とともに砲弾がＭ３軽戦車を捉える。砲弾は直撃し、戦車は車内から火を吹き上げた。

それらの戦車は、あえて道路ではなく密林の間を抜けて接近を試みたが、斥候の前にはかえって目立ってしまった。しかも視界が悪く、歩兵も散っているため、僚車が狙われたことがわからない。

不用意に前進したことで、彼らは五七ミリ砲の餌食となった。

「すごいぞ！　戦車二両を平らげやがった！」

ニューギニアで戦車を投入するというのは容易ではない。敵は東部ニューギニアのどこかに橋頭堡《きょうとうほ》となる場所を構築しているのか。

それでもこの戦車を失ったことは、敵にとって痛手に違いない。そう思っていた戦砲隊に斥候からの緊急電が入る。

「戦車二両が接近中。Ｍ４中戦車！」

Ｍ４中戦車という報告に、戦砲隊の隊長もさっきまでの楽観的な気持ちは吹き飛んだ。

日本軍でも、M4中戦車との遭遇事例はあまり報告されていない。それでも九七式中戦車では歯が立たないことなどは報告され、四七ミリ速射砲では至近距離で側面を狙わねば撃破できないとも聞いている。

五七ミリで、どこまで戦えるのかわからない。砲兵中隊本部からは、海軍の支援を取りつけたので、それまで現状を死守せよとの命令が来たが、砲陣地の転換の名目での後退は避けられないのではないか。

そうしている間にも敵戦車が来る。M4中戦車は驚いたことに、道路を前進してきた。戦車二両が一列だ。よほど装甲に自信があるのか、単なる馬鹿なのか。

直線道路である。凹凸はあれども照準はつく。照準をつけ、距離一〇〇〇で砲撃をかけた。

甲高い発砲音で砲弾は見事に命中するも、正面装甲の貫通には至らない。

そして、M4戦車も反撃してきた。一〇〇〇メートルからの砲撃では、敵の貫通力も落ちているとはいえ、こちらには防循はあっても装甲はない。

戦砲隊の二両の自動貨車は、すぐに別の陣地に移動する。そうして距離五〇〇まで接近を待つ。

今度の砲撃は手応えがあった。Ｍ４戦車の履帯が吹き飛んだ。しかし装甲には命中せず、さらに戦車側も榴弾を放ってきた。

直撃は避けられた。だが、砲弾片で負傷者が出る。

「五七ミリでも駄目か……」

その時、上空から甲高いエンジン音が聞こえてくる。

「なんだ⁉」

「友軍機です！」

兵士が示した先には、日本海軍の彗星艦爆の姿があった。

「大砲でもつけてるのか？」

その海軍機は、普通なら爆弾をつり下げているだろう場所に、大砲のようなものをつけていた。

それは急降下して接近してくる。Ｍ４戦車の砲塔からは、車長らしい人物が半身を乗り出していたが、接近する日本軍機に向かって、砲塔の機銃を向ける。

曳光弾《えいこうだん》が戦車から空に延びるが、飛行機には届かない。逆に彗星艦爆はその射撃で、風の流れを読むことができた。

そうして四機の海軍機は、一列に並ぶと、道路に沿って戦車の後方に回る。

M4戦車の側は、爆撃されると思ったのか、戦車長たちは、すぐに砲塔内に引っ込み、ハッチを閉める。主砲で反撃を試みたものはいなかった。

そして彗星艦爆は、搭載した機銃でM4戦車のエンジン室や砲塔上面に三七ミリ機銃弾を撃ち込んで行く。命中弾を受けると、まずガソリンエンジンが発火し、さらに装甲正面を貫通した砲弾が、戦車を内部から破壊する。

それが四機の彗星艦爆で行われた。四両の戦車はそのまま道路上で炎上し、周辺の米兵たちも逃げていった。

戦車が立て続けに撃破されたことで、敵兵は全面的に後退して行った。

すべてを確認すると、艦爆の搭乗員たちは、空母祥鳳に機首を向ける。

「魚雷艇用の大砲、戦車にも使えるとは発見ですね」

搭乗員たちの士気は高かった。

第一章　胎　動

1

「今度は熱河省《ねっかしょう》ですか……」

満州の奉天《ほうてん》にある小柳飛行機社長の小柳哲二は、広げた地図を前に考える。昭和八年三月のことだ。

「熱河作戦が終われば、満州事変も終了する」

満州事変以降、すでに顔馴染みとなっている関東軍の笹山大尉は言う。

「それは二年前にも聞いた。満州事変はすぐ終わるって」

「満州国はすぐに建国されただろう。それに言いたくはないが、御社も相応に潤ったのではないか」

「それはそうだがな」

「それに、新型機も色々と揃ったじゃないか」

「新型機⁉　試作品と言ってくれ」

「そんなもの、同じ事実の表現の違いだ」

笹山大尉はそう喝破《かっぱ》する。二人の会話がほぼタメ口なのは、彼らが陸士の同期であるからだった。

小柳社長は、山梨軍縮や宇垣軍縮による飛行連隊の解体に伴い、予備役に入った元軍人だった。そして笹山は軍に残ることができた。そういう関係だ。

「まぁ、関東軍の仕事なら断るわけにもいかないが、具体的に何を飛ばすのだ？言っておくが、戦闘機は駄目だからな。うちは軍隊じゃない」

「わかってる。ユンカースを飛ばしてほしい。たしか四機あったな」

「所有は四機だが、飛ばせるのは三機だ。一機は修理中だ」

「なんだ、故障か。しょうがないな」

「試作機に何を期待しているんだ？」

彼らの言うユンカースとは、のちにＪｕ52として知られることになる輸送機であった。

第一次世界大戦後に軍用機の開発や保有を禁じられたドイツでは、航空技術を温存するため民間機に活路を見いだすだけでなく、技術者が海外で航空機開発に従事するようなことが行われた。

これは航空機に限らず、潜水艦から戦車まで多岐に及んでいた。航空機技術の自立を急ぐ日本にとって、こうしたドイツの動きを利用しない手はなかった。

そのためには日本本国ではなく、満鉄との契約という形で飛行機の導入を図った。ユンカース社も日本向けの旅客機として大型機を設計し、満州で組み立てることで日本人技術者に技術指導を行うとともに、技術の温存を図る。

日本はこれにより設計や製造の経験を積み、技術力の底上げを図る。こうして両者の思惑は一致した。

小柳飛行機はこうした動きの中で、満鉄を株主として設立された航空会社であったが、実質的には関東軍航空隊のようなものであった。

なにしろ満州事変までは、関東軍は条約が定められていたため定員には上限があり、歩兵や砲兵などの人員を確保するために輜重兵《しちょうへい》などを減らすようなことまで行っていた。

自動車にしても数えるほどしかなく、満州事変では、満鉄を窓口に大量の民間の自動車が徴用されたほどである。

同様に関東軍は、独自の空軍力を持つにしても限度があった。だから航空機に関して経験があり、軍縮で人員削減の対象となった人間を集めて、こうした航空会社が創設されたのである。

陸軍に陸軍航空部が設立されて、まだ一二年。臨時軍用気球研究会からさかのぼっても、二二年にしかならない。

同様の航空機会社はほかにもあった。民需がまだ脆弱《ぜいじゃく》な日本では、航空機は軍需頼みなのが現実だ。

だから、軍予算としては飛行連隊などの縮小を図りつつ、元軍人による民間委託で人材をプールしている。満鉄もそうした関係で、航空会社を傘下に置くことになっていた。

「四機、ほしいのだがな」

「ユンカースより小型でいいなら使えるが」

「それでいい」

「積載量は小さいぞ」

「積載量より四方向に同時に飛べることが重要だ」

「偵察をさせるのか」

「偵察もだ。鉄道が期待できない戦域だ。自動車も使うが、飛行機にも頼むことになる」

「飛行機で運べる物量など、たかだか一トンかそこらだぞ。動員部隊の規模にもよるが、必要な物量に比して航空機輸送分など大海の一滴みたいなものじゃないのか」

「兵站《へいたん》が厳しいからこそ、航空機輸送が干天《かんてん》の慈雨《じう》になる。飛行機なら兵站末地や交付所を飛ばして、最前線に糧食や弾薬を届けられるだろう」

「着陸できる土地があればな」

「落下傘で行李《こうり》を落とせないか」

「理屈はわかるが、やったことはない。我が社の飛行機は飛行場から飛行場を移動するだけだ。物資の空中投下など未経験だ」

「なら研究してくれ。ユンカースは滑走距離が短かったよな?」

「軍用に採用してもらうことを考えているらしいからな。まぁ、野球ができる広さがあれば、なんとかなる」

「それは頼もしい」

「調べてるんだろ、それくらい」

「当然な」

2

仮設飛行場は、テントとトラックと平坦な土地でできていた。滑走路とは言いがたいが、ユンカースの輸送機を離発着させる程度には平坦で、障害物もない。

熱河作戦に際して、日本軍は小磯国昭《くにあき》中将を長とする兵站監を立ち上げ、空中輸送隊を編成した。小柳飛行機は、その空中輸送隊に編組されはしなかったが、契約により作戦に従事した。

なにしろ小柳飛行機の社長も重役も主な社員も、みんな「軍縮難民」の元軍人であるから、危険な任務も委《ゆだ》ねることができた。

このあたりは重要な点である。あくまでも戦争ではなく事変という名の武力紛争なので、部隊の移動には制約があった。戦時に部隊を移動するのは天皇の軍事大権であり、しかるべき手順が必要だ。

しかし、軍と契約した民間会社なら、そうした法的な制約から逃れられる。航空部隊に関して、軍縮で首を斬られた余剰人員を民間企業としてストックしたことが、満州事変では積極的な航空兵力の展開という形になった。

仮設飛行場では、アメリカ製のブルドーザーが土地をならし、雪を排除していた。熱河作戦の進展に伴い、この仮設飛行場は関東軍と契約している同業他社も活用する。そのための工事である。

ブルドーザーとは別に、キャタピラー社のトラクターもトレーラーで積荷を牽引していた。

防寒具に身を包み込んだ広田部長が、トレーラーの上の積荷を小柳に示した。

「一〇〇キロの梱包です。機内に積めるのは九つですね」

「実験は成功か」

「一回しかやってませんが、問題はないはずです。二回目をする時間もありません」

「布の行李か」

「全体をそれで包み込んでます。投下すると、角を下にして落下します。落下傘は対称位置の角につきます。角から地面に衝突するので、ここが潰れることで衝撃を吸収します」

「何を使った?」

「和紙にコンニャク糊を塗った球です。これが衝撃に意外に強いんですよ」

「でも、破裂しないか」

「破裂します。それで衝撃を逃がすんです」

「なるほど」

偵察任務を言われていた小柳飛行機だったが、軍と契約した航空会社が増えるにしたがい、彼の会社は手持ちの輸送機四機（修理中のユンカースも直った）で輸送任務にあたっていた。

最初は都市部から、この仮設飛行場への物資輸送が行われた。作戦部隊の進攻計画ではそれで十分であったためだ。ただ飛行機を運用する関係で、飛行場と兵站末地とは一〇キロ以上離れていた。

なので、飛行機で降ろされた物資はトラックで兵站末地に運ばれ、帰りのトラックには傷病兵が乗せられ、兵站地のある都市部まで運ばれた。この時点では彼らの任務は後方と言えた。

しかし、熱河作戦の進行と同時に着地点が今度は出発地となる。凍てつく仮設飛行場に倉庫が建てられ、物資が蓄えられ、前線へと運ばれて行く。

それでも最初は、着陸が可能な平坦地があった。しかし戦場がさらに前進し、起伏の多い土地が増えると、着陸しての輸送は難しい。だから空中投下が必要となったのだ。

外で社員たちが出動準備を進めている間に、小柳社長ら搭乗員は小屋の中で暖をとる。

そこは事務所でもあり、宿舎でもある。小柳や他の部長、課長らは元陸軍将校なので、仕事となれば搭乗員として乗り込む。

機体が撃墜されたり遭難すれば会社は倒産となるが、搭乗員で始めた会社であるため、ほかに手段はない。それに小柳社長には、会社をここまでにしたいまでも、自社への愛着が驚くほど希薄だった。いまだに仮の宿という意識が拭えない。

事務所の中には、笹山大尉が防寒服を着たまま待っていた。いまさっき着いたのだろう。

「何を運ぶんだ？」

小柳の問いに、相変わらず連絡役の笹山大尉は言う。

「弾薬と糧食だ。大行李と小行李に分けるわけにもいかんのでな、弾薬も糧食も一緒だ」

「必要最低限度だな」

「最大積載量が一トン未満なんだ。これが妥当だろう。戦車でも運んでくれるなら、こっちも考えるがな」

そうしている間に準備完了との報告がはいる。気象観測では、今日は一日曇りであると言う。風雪がないのは幸いだ。

こうして仮設飛行場より、四機のユンカース輸送機が離陸して行く。

「投下予定地点で発煙筒を焚《た》いてくれる。それで風向きと風力を読むんだ」

小柳社長は無線電話で僚機に伝える。小柳の会社には国産機の輸送機もあるが、無線装置の信頼性が違う。無線機だけ取り外せば、ちゃんと使えるのだが、このへんのことはわからない。

民間会社の哀しさで、飛行機を飛ばすことには長《た》けているが、無線関係となるとそこまでの人材は雇えなかった。

可能なら軍の専門家に相談したいとは思っていた。ドイツの飛行機で普通に無線機が使えるのだから、国産機でも安定した航空無線は可能なはずだ、と。

「ありました。発煙筒です！」

僚機から無線電話で報告がはいる。赤い煙は、ほぼ垂直にのぼっている。風の影響はあまり考えずによさそうだ。

輸送機は高度三〇〇メートルで飛行していた。赤い狼煙《のろし》の数キロ先には、戦闘によるものらしい黒煙が見えた。それらは激戦の印だろうが、操縦席からは風向きの指標に過ぎない。

小柳社長は、高度と速度から投下するタイミングを大急ぎで計算する。風があると面倒な計算だが、風がないのなら比較的単純だ。

「投下準備！」

輸送機の扉が開き、機内で風が流れる。しかし、その風も気圧が均衡すると落ち着いた。

安全索をつけた作業員が順番に梱包を投下していく。小さな落下傘《らっかさん》が開き、その抗力で主傘が展開する。

物資は風に流されず、おおむね発煙筒の周辺に落下した。高度がそれほど高くないので、流されたとしても極端に遠くに落下はしない。

眼下では側車付き自動二輪車が、次々と投下物資に向かって行くのが見えた。

この投下作戦で、梱包を除いて三トン以上の物資が友軍に渡った。地上からは自分たちに向かって手を振る者もいる。同時に敵陣らしい場所からは曳光弾《えいこうだん》が飛んでくる。

四機のユンカースは早々に撤退する。作戦は成功だった。

3

熱河作戦も終わりを迎えるかと思われる頃、小柳飛行機の小柳社長は笹山少佐の来訪を受ける。関東軍の笹山大尉は昇進し、いまは陸軍省にいると言う。

だからこの時の笹山少佐は、日本からわざわざやって来たことになる。彼は軍服ではなく背広姿で現れた。

小柳は奉天のレストランで、社の重役を集めて一席設ける。とは言え、熱河作戦は終わりが見えても終わってはおらず、会社側は小柳のほかには広田部長と四方部長の三人だけだった。

「陸軍省は、いや参謀本部も含め、陸軍はだな、今回の熱河作戦において軍の機械化の重要性を痛感している」

笹山少佐は酒のせいもあってかテンションが高い。

「熱河作戦は兵站線が一〇〇〇キロもあるが、自動車がそれを維持し続けた。馬ではこれは不可能だっただろう」

「奉天でも、めぼしい自動車はすぐ徴用されていたな」

「数が足りんのだ。満州事変が起きた時など、関東軍に何台の自動車があったと思う。六台だぞ、六台。いまは両手にあまる数の自動車隊が活躍している」

「戦車はあまり活躍しなかったんじゃないか」

「どうしてそう思う?」

「戦車用の予備部品やらグリスやらをずいぶん空中投下したからな。整備ばかりってことだ」

「機動戦を行うには、本邦の戦車はまだ改良の余地があるというだけのことだ。それでも存分の働きはしてくれたんだ」

笹山はそう言うと杯をあける。

「小柳のところだけでなく、いや、小柳もよくやってくれたよ、それはわかってる」

「酔ってるのか」

「こんなものは酔ってるうちに入らん。ともかく、満州では元軍人の航空会社が大きな戦果をあげてくれた。グライダーを使ってな、山砲を緊急輸送したところもある。さすがに分解しての輸送だが、それが勝敗を決した戦場もあった。

まぁ、勝ってからのほうが大変だったがな、その場合は」

「何が大変だったんだ?　勝ったんだろ?　宣撫《せんぶ》工作か」

「そうじゃない。山砲を運べないようなところに空中投下したんだ。敵を降《くだ》して前進しようと思ったら、今度は人力で山砲を運ぶ羽目になったのさ」

笹山少佐は上機嫌だったが、小柳はだんだんと冷めてきた。笹山が上機嫌な時は何か胸にしまっているものがある。

「それで陸海軍では、独立空軍の研究が非公式に始まっている」

「独立空軍構想は一〇年ほど前に頓挫したんじゃなかったか？　陸海軍で航空兵力の考え方が違うということで。海軍は自前で空母も研究していたからな」

「まぁ、それはそうなのだがな、やはり机上の空論と実戦は違う」

「独立空軍が机上の空論だというのか。それとも逆か」

「満州事変は、戦争じゃなくて事変だ。中国軍はまともに飛行機も持っていない。そして我が軍の、いや、日本の飛行機は大いに働いた。兵站の一部とはいえ、それによって戦線が支えられたことも、一度や二度じゃない。

いまだから言うが、小柳のところで空中投下した物資の中には、将来の陸軍作戦での重要な実験も含まれていたんだ」

「そんな実験をした覚えはないが……言われた場所に物資を投下しただけだ」

「それだよ、それ。陸軍の騎兵部隊が長駆して、敵軍の側背《そくはい》に張りついた。そこから攻撃すれば敵は分断され、総崩れという局面だ。

しかし、騎兵には火力がない。友軍から離れていて補給もないに等しい。そこに飛行機からの空中投下だ。馬糧の中に水を入れるようなことをして馬を維持した。むろん人間の糧食もな。

一一年式平射歩兵砲や機関銃と砲弾も投下した。気がつかなかったかもしれないがな。

そうやって敵の奥地に侵攻した部隊への補給が行われたわけだ。中隊規模だったが拠点を維持し、敵を騎兵の機動力で何度となく痛打した。

機関銃や大砲があって、何度攻めても追い返される。包囲しても弱い包囲陣は何度も突破され、敵はそのつど打撃を被《こうむ》った」

「新聞に載っていた、敵陣を奇襲した騎兵部隊って話か！　でも、航空輸送の話は一言もなかったぞ」

「あるわけがない。そこは軍機だ。わかるか、本命は対ソ戦だ。シベリアに密かに侵入した部隊が、航空輸送の補給だけで活動し、敵部隊の側背を突く。そういう作戦に今回の熱河作戦は道筋をつけたんだ」

「そんな手柄を立ててたなら、今夜は陸軍の奢りだな」

「奢ってもいいぞ」

「えっ！」

さすがに小柳も、それには驚いた。話の流れからいって、会計は笹山個人ではなく陸軍省かどこかの金だ。となれば無礼講のようでも、ここでの話が生臭くなってくるのは避けられまい。事実、そうだった。

「じつは満州事変での民間航空会社の運用でわかったのは、小さな会社をたくさん使うことが非効率であることだ」

「それはそうだろうな」

そもそもの出発点が、軍縮で職を失った航空畑の人材をプールするための会社であり、設立時期もバラバラなら資本金の制約から規模も小さい。

小柳のように満鉄傘下の会社もあれば、逓信省《ていしんしょう》傘下とか、陸海軍両方に仕事をもらっている会社もある。市場規模が狭いから、ニッチな市場に適応すると企業規模の拡大もできない。

「そこでまず関東軍は、満州にある中小の航空会社を統合し、満鉄航空を創設しようと考えている」

「満鉄航空……それはなんだ、鉄道なのか飛行機なのか」

「鉄道と飛行機を有機的に結びつける。鉄道敷設では採算が合わないが、航空機輸送なら対処できる土地もある。満州と中国との旅客需要も馬鹿にならん」

「満鉄で部隊を輸送し、飛行機で一斉に敵地の後方に侵攻とかか」

「話が早いな。むろんそれは戦時の話で、平時は旅客輸送さ。中小の航空会社を統合して規模を拡大する。そうすれば、機材も人材も効率的に運用できる。いいことばかりだ」

「さっき、まず関東軍は、と言ったが満州では終わらんのか」

「満州で成功したら、日本でも実行する。東亜に航空会社は二つもあれば十分だ」

「うちも統合されるわけか」

「貴様のところに統合するだろうな」

「なんだと！」

「言っただろう、満鉄傘下の統合航空会社だと。いま満鉄傘下で一番大きいのは貴様の会社だ。違うか」

「それは、自分に統合航空会社の社長をやれということか」

「それはなんとも言えないが、当面はそうなるだろう。忘れてはいないだろ？　小柳飛行機は個人のための会社じゃない。最終的には、国のための会社だ」

「選択肢はないわけか」

「なにを言う。航空会社を立ち上げた時点で、こうなることはわかっていたはずだ。軍とはきれいに手を切って官吏《かんり》にでもなる道もあったはずだぞ。それをしなかったのは、つまりはそういうことだろう」

小柳は笹山に対して返す言葉がなかった。

4

「まさに水冷エンジンのデパートだな」

中島飛行機の大沼課長は、田無運転場のバックヤードに並ぶ液冷エンジンの山に、半ば驚き、半ば感心し、そして総体として呆れていた。

そこにはイスパノスイザやローレン、ダイムラーベンツ、アリソン、ロールスロイスなどの水冷エンジンが半分解体されたまま並べられていた。

「竹上君、きみの要求通りに苦労してエンジンを手に入れたと思ったら、これは何をしているのだね」

それが遊びではないのは、それぞれのエンジンの部品が整然と並べられていることてもわかる。解体されたエンジンの部品配置も、大沼にはわからないが、一貫した論理があるらしい。

「それぞれのエンジン部品の構造や材質を見ているんです」

スケッチブック片手の竹上主任技師は、大沼に対して上の空で返答する。視線の先にはキャブレターらしい部品があった。

大沼課長も別にそれを無礼とは思わない。彼はこういう男なのだ。

「構造を見てるって……これ、全部か？」

「全部見るために揃えてもらったのですが」

「それはそうだが……」

「国産の高性能水冷エンジンを開発するには、列強のエンジンを研究しつくさねばなりません」

この頃、海軍は航空技術の自立化を目指し、主要なメーカーに既定の性能のエンジン開発を命じていた。

竹上主任技師が開発に携わっているのもその一つで、水冷V型一二気筒で最大七〇〇馬力クラスのエンジンが求められていた。彼はそれを開発しようとしていたのだ。

「それで、研究した結果は？」

「現時点のですか」

「現時点でわかっている範囲でいいよ」

「我が社だけでは、海軍の要求するエンジンは無理ですな」

「はぁっ！」

大沼課長は思わず変な声をあげてしまう。

自社で開発できませんですむ話ではない。それにすでに陸海軍に飛行機を納入している実績からいって、開発できないという意見は首肯《しゅこう》しがたい。

「我が社では開発できないという根拠はなんだ！」

「我が社で開発できないとは言ってません。我が社だけでは解決できないと言っております」

「何が言いたいのか、よくわからんのだが……」

「例えば、これです」

竹上主任技師は、輸入エンジンから取り外したピストンとロッドを手に取る。

「これがどうした？」

「輸入エンジンについて仕様書や説明書のほか、技術資料も取り寄せてわかったのですが、欧米諸国では金属材料について、組成や製法などの規格化や標準化が進んでいます。

だから番号で材料を指定すれば、同じ耐久性の部品が量産できます。本邦の鉄材は、そこまでの品質管理ができていない。運転場で使う金属製品を発注すれば、実験用ならなんとか作り上げてくれるかもしれません。でも、それでは量産は追いつかんでしょう」

「下請けや提携会社との連携が必要ということか……」

大沼課長も、そこでようやく竹上主任技師の「我が社だけではできない」の意味を理解した。

理解はしたが管理職だけに、それがなかなか厄介な問題であることも同時に理解していた。

「主任技師として、何か改善策はないのか」

「鉄鋼業界に働きかけて、材料の規格化標準化を徹底させることが一つ。良質の材料がなければ高性能エンジンは無理です。おわかりとは思いますが」

「我が社が働きかけて変わるか……」

「うちだけじゃなくて、三菱や、あとたぶん同様の問題を抱えている自動車会社も巻き込んで、陸軍や海軍の力を借りればなんとかなりませんかね」

「なんとかなるかもしれないが、主任技師や課長レベルの仕事ではあるまい」

「でも、必要なことでは？」

「必要はわかってるよ……あぁ、稟議書《りんぎしょ》を書いて、上に持って行く」

「中島さんも社長職は退いて、いまは商工政務次官です。そこから働きかければ不可能じゃないと思いますが」

「わかってる。だから厄介なんだよ。不可能ならしないですむ。困難ならするしかないからな」

「手土産になるかどうかわかりませんが、自分も鉄材については調べてみたんですよ。するとなかなかな話が」

「どんな？」

「わが国の平炉製鋼は冷銑屑鉄法《れいせんくずてつほう》なんですよ。そのため銑鉄と屑鉄の価格が鋼《はがね》の価格を左右します。それでですね、インド銑鉄の価格がトン当たり三六円、満州のそれが四四円なのに、日本国内だと五一円なんですよ。インドと比べて一五円、満州と比較しても七円違う。

屑鉄はご存じとは思いますが、やはり価格の問題でアメリカからのが七割を占めています。

満州事変以降、鉄材の需要が伸びているので、民間製鉄会社も設備投資を拡大していますが、製鉄の生産が増えれば輸入鉄も増える、つまり、貿易収支は悪化する」

「まぁ、貿易収支のことは考えないとしても、戦時となれば、鉄鋼需要の急増から、鉄材価格は高騰するだろうな。せめて満州の鉄が安くなればな」

「そういう計画はあります。本土ですけどね。鉄鉱石から鋼まで、高炉から平炉までの一貫製鉄所の構想が。一貫で規模が拡大すれば鉄の単価は安くなり、生産量も増える」

「ほう、凄いじゃないか」

「喜んでばかりはいられませんがね」

「どうして？」

「だから中島さんに動いてもらう必要があるんです。手土産にもなりますかね。要するに商工省が、その一貫製鉄所の許可を出さないんですよ」

「どうして？」

「商工省は日本製鉄第一主義で、民間がそれを脅かすような真似を嫌ってるんです。

だから複数の会社が一貫製鉄所の建設を計画しているのに、許可が出ない。

でも、政務次官の働きかけで許可が下りれば、日本の製鉄業の国際競争力は強くなるでしょう。輸出商品になります、日本の鉄が。だとすれば、海外で通用するように鉄材の規格や品質は重要です」

「なんか、エンジンの性能から急に話が大きくなったな」

「中島さんは、こういうスケールの話が好きでしょう」

「まぁ、そうかもしれないがね。もっとこう、日本の鉄鋼業のような大きな話じゃない対策はないか」

「我が社レベルで可能な話ですか」

「そうそう、そういうレベルの話」

「学校か訓練所か、そういうものを作るんですな」

「学校⁉」

「下請け会社に製品の品質を上げるように指導する学校です」

「職業訓練校みたいものか」

「いえいえ、それじゃ駄目ですよ」

大沼課長は、竹上主任技師の考えがさっぱりわからない。この男は何を言っておるのか。

「例えばですね、これどうやって作ると思います？」

竹上主任技師は、離れた場所から空冷エンジンのシリンダーブロックを持ってきた。

「どうやってって、鋳造品だから鋳造するんじゃないのか」

「もちろんそうなんですけど、鋳造したらヤスリで削るんです。寸法に合うように。だから鋳造部品は図面より肉厚に作っている。ヤスリで熟練工が削って、図面に合わせるんですよ。

一流の職人にかかると、シリンダーブロックの穴にピストンを落とし込むと、すーっと静かに落下していくんですよ。ピストンと穴の絶妙な隙間です」

「凄いものだな。そういう技で高性能エンジンは出来上がるわけか」

「試作品はそうでしょうな」

「試作品は……とは？」

「平時だって一〇〇、二〇〇の数のエンジンが必要です。戦時には万単位となるでしょう。

いま開発中のエンジンですら、一基に一二個のシリンダーとピストンが必要です。

その一つ一つを職人が対応するようでは量産は覚束《おぼつか》ない。熟練工だけでは戦時の量産はできません。それを前提としないと」

「だから熟練工を養成する学校か……」

「いえ、それは無理でしょう」

「無理⁉　どうして」

「軍用機が量産されるような状況だと、養成した熟練工だって徴兵されますよ」

「軍の重要工場の人間は徴兵猶予の対象だろう」

「うちはそれでもいいでしょうが、下請け、孫請けは対象外です。しかも末端の町工場こそ、機械もなくヤスリで精度を出すようなことをしている。そこで熟練工がいなくなれば、精度は急降下ですよ。

　それに、議論の前提が我が社でできる範囲の話です。熟練工・半熟練工の徴兵が何万という数だとしたら、とうてい我が社の範囲外です」

「なら、その学校は何を教える？」

「精度管理と科学的な工場管理です。つまり能率です」

「能率協会とかがやってるあれか？」

「そうそう、その類《たぐい》。もしも総力戦となれば、生産現場のほとんどは半熟練工以下の素人同然の人間になります。先の欧州大戦では、女子供まで工場に動員されたというじゃありませんか。同様のことが日本でも起こる。

ならば、生産現場は可能な限り専用の機械を用意し、誰でも同じ規格の製品が量産されるようにする必要がある。

それを可能とするためには、まず管理者が近代的な精度管理や工場運営を学ばねばならない。勘と経験じゃ、総力戦の役には立ちませんよ」

大沼課長は竹上主任技師の話に頭を抱えた。

精度管理勉強会みたいものを中島飛行機主催で行うのは可能だが、竹上主任技師の量産に関する考え方は、いまの日本では敵しか生まないのではないか？　熟練工の存在を真っ向から否定しているとも受け取られかねないからだ。

欧米のマスプロダクションの手法に毒されていると言う国粋主義的な人間も現れよう。

だが一番厄介なのは、彼の意見を自分が正しいとわかっていることだ。

つまり大沼課長は、上司として竹上主任技師を守らねばならないのだ。

「それも稟議を通すか。主任技師は、いまの話をまとめてくれ」

5

昭和九年春。

元軍人たちによる中小の航空会社を統合した、満鉄航空の本社は奉天郊外に置かれていた。新設した飛行場の都合である。

ただ奉天の中心部にも事務所はあり、予約や受付などの事務はそこでも行われていた。本社と事務所は電話線とテレックスなどの専用回線が設けられて、迅速な事務処理が可能になっていた。

バラック建ての本社に比べて事務所はこぎれいなビルなので、ほとんどの利用客が「本社」と誤解するほどだった。

しかし、満鉄航空の社長となった小柳は、兵舎のようなこの家屋のほうがこぎれいな事務所ビルより落ち着いた。

「これが郵便機ですか……」

小柳社長は、中島飛行機から運ばれてきた機体に目を細めた。主翼や胴体は分解され、鉄道輸送されたものを、この格納庫で組み立てていたのだ。それがいま完成した。

　さすがに本塗装はまだで、アルミのさび止めに灰色の塗装だけが施されていた。すぐに満鉄航空の塗装がなされるだろう。

　小柳はその機体に心を揺さぶられていた。全金属単葉のその機体は、単座複葉機を見慣れた目には、まさに航空新時代を予感させた。

「郵便機として納品しますが、名目はそちらで自在に。さほど不都合はありませんが、さりとて戦闘機として納品もできませんから」

　中島飛行機から来た竹上とかいう技師は、自分が開発した機体に少なからず誇りを持っているように見えたが、その自信もこの機体ならうなずける。

　なによりも液冷エンジンならではの細い胴体は、速度性能に期待を持たせた。

「どれくらいですす？」

「最大七〇〇馬力で、最高速度は四〇〇キロになるはずです」

「四〇〇とは破天荒な数字ですな」

　単座戦闘機として、その数字は世界でもトップクラスだろう。ただ小柳社長としては、これをどう解釈していいのか疑念があった。

　中島飛行機が売り込みに来たというなら話はわかる。だが、そもそもの話は陸軍省の笹山少佐から降りてきている。

　じっさい玉突きのように組織間で予算を動かしているが、この単座戦闘機の大元の購入費は陸軍省から出されていた。

「これを試験運用せよという理解でよろしいか」

「はい。必要であれば戦闘も」

「それは、また物騒な」

　一連の話に小柳社長が疑念を抱くのは、「詳しいことは中島飛行機のものが説明する」としか笹山少佐からは聞いていないことだ。つまり、この戦闘機に関しては、陸軍がどの程度関与しているのかもわからない。

「戦闘は模擬戦に終始するかもしれませんが、郵便機として運用できれば、信頼性などが確認できます。不整地での離着陸性能もです」

「まぁ、そのへんのことはわかるが……。御社も、この飛行機を一機しか作らないわけではなかろう。それなりの数を製造する意図なのだろうが、どうしてうちに試験を依頼してきたんだ？」

「軍務局の笹山課長からは、どのような話を？」

　あいつ、軍務局の課長なのか。小柳は、はじめて友人のいまの役職を知った。そういう話をしたがらない男だったが、いまこの状況では、軍務局の課長という役職は洒落にならない。

「じつは陸軍からは九試戦闘機の開発要請が来ているのですが、海軍からも九試単座戦闘機の開発要請が来ています。この機体はそのために試作した機体です。

不思議なのは、笹山課長は海軍がそうした戦闘機の開発を要請することを知っていたばかりか、その要求仕様も把握していたのです」

「陸軍の情報収集能力が高いということか……」

小柳にはどうも全体像が見えない。

「ただ、陸軍も海軍も単座戦闘機の要求仕様は書類の書式こそ違うものの、同一と言ってもいいものでした。担当者は陸海軍ともに違います。

もしも陸海軍で制式採用されなかったなら、満州国軍航空隊が採用するだろうとも聞いてます。これでわかるはずだと」

「わかるはずなぁ……」

いや、わかっていた。昨年、満州で笹山はなんと言ったか。陸海軍で独立空軍の研究が進められている、と。

しかし、小柳はそれを話半分に聞いていた。理由は明治憲法だ。そこには、天皇は陸海軍を統率するとあり、空軍などというものはない。あるはずがない、あの時代には飛行機など発明されてないのだから。

陸軍航空隊や海軍航空隊なら、なんの問題もない。しかし独立空軍となれば、憲法の問題、つまりは天皇の軍事大権の問題に触れないわけにはいかない。

ならば、憲法を改正するか？　独立空軍のためだけに憲法を改正するというのも考えにくいし、軍人だけで決められる問題ではない。

しかし、どういう形なのか研究は進んでおり、陸海軍の航空畑の人間たちの交流も進んでいるのだろう。だからこそ、陸海軍が同時期に九試戦闘機とか九試単座戦闘機というような名前と書式だけを変えた、同じ飛行機を開発させようとしたのだろう。

聞き捨てならないのは、陸海軍で不採用になったら満州国軍で採用するという話だ。建前では満州は外国であり、それなのにどうして陸軍軍務局がそんなことを言えるのか。

ひとつ明らかなのは、何がどう転んでも、この新型戦闘機は量産されるということだ。日本で使うか満州で使うかの違いこそあれ。

どうも何か大きな動きに巻き込まれているのではないか。小柳はそんな疑念を拭えなかった。

「始動！」

竹上主任技師が合図すると、九試単座戦闘機はセルモーターでエンジンを始動する。最大七〇〇馬力の国産エンジンは安定した回転を続けている。

「液冷エンジンなんだな」

「速度性能を追及しているので液冷になりました」

エンジンの爆音の中、二人は怒鳴り合うように会話する。

「空冷より技術的に難しいと聞いたことがあるが」

「難しい技術に挑戦しなければ、航空自立などあり得ません！」

そんなものなのかと小柳は思う。しかし、そういう気構えがないと技術は進歩しないのだろう。

「これが成功したら、一〇〇〇馬力クラスの液冷エンジンの開発にかかります。近い将来には、そのあたりのエンジンが軍用機の主力となりますからね」

「一〇〇〇馬力なら速度は出るんだろうな！」

「五〇〇から六〇〇キロのあたりだと思いますよ。それ以上の馬力も気筒数を増やせば可能ですが、そうなれば音速って問題が立ちはだかるでしょうけどね」

戦闘機は危なげなく離陸して行く。そして急角度で上昇して行った。

「巴戦《ともえせん》とは違った戦い方じゃないと、速いが重すぎるかもしれんな」

小柳はそんなことを思う。そんな時、事務員が小柳に向かって何かを叫びながら走り寄ってくる。

「本社から命令です！」

本社とは言うまでもなく満鉄だ。

「命令⁉　なんの？」

「次期社長の人事について相談するから出頭せよとの」

それは素直に解釈すれば、小柳の社長解任という話だ。しかし事務員は続ける。

「日本に行き、練習航空隊に出頭せよとのことです」

第二章　練習航空隊

1

昭和九年度、つまり昭和九年四月一日付で創設された練習航空隊は、横須賀と相模原にそれぞれ本校と分校があった。

横須賀は操縦と機上作業の訓練を行い、相模原は整備訓練と新型機の試験を担当する。それぞれ海軍の横須賀飛行場と陸軍の相模原飛行場に隣接していた。

しかし、練習航空隊は陸軍にも海軍にも所属せず、文部省管轄の学校という体裁をとっていた。扱いとしては、ほぼ医学校の類《たぐい》と同様である。

だから、入学しても軍人の身分は与えられない。それは卒業してからの問題となる。したがって理屈を言えば、卒業後に民間に勤めることも可能であった。

すでに三月の時点で職員なども集められ、講義内容などの議論が闘わされていた。

その意味では組織としての練習航空隊という学校は、すでに機能していた。

その四月一日に、井上成美《しげよし》校長が完成したばかりの私邸から差しまわしの自動車で出勤した時、自動車は門衛に迎えられた。彼は海軍横須賀鎮守府参謀長の職も兼ねていたので、自動車は海軍のものだ。

彼の車と前後して、副校長である三木陸軍中佐の自動車が入ってきた。彼の車も陸軍の公用車であるが、彼は陸軍軍務局から出向という形で練習航空隊に入っており、ほぼ常駐となる。

「おはようございます」

「おはよう」

二人は軍服ではなく背広姿であった。文部省管轄の学校であるからだ。

「いよいよですね」

「あぁ、いよいよだ」

練習航空隊は、学校としては全寮制の中学くらいの規模であるが、多数の練習機を収容・整備する格納庫や滑走路があり、敷地と施設は文部省の学校としては桁外れに大きい。

同じ神奈川県の相模原の分校が機体整備などの教育を担当するが、いかに飛行訓練のためとはいえ、整備なしの飛行機は飛ばせない。

それに専門の整備教育は相模原分校が行うとしても、操縦員や機上作業員とて初歩的な整備知識は必要だ。少なくとも整備が適切かどうかの判断ができる程度の知識と理解はいる。

また、大型機では機関士や機関員も同乗しなければならず、彼らにも機体構造の知識は不可欠だ。もちろん、整備そのものは専属の整備員が行うが、基礎的な部分の実習は必修科目となっている。

逆に相模原の分校では整備員も飛行機に乗り、操縦はともかく、機上作業の基礎訓練が行われる。空で何が起こるかわからない人間に、地上での整備はできない。

そこまで重厚な教育を施すのは、ここの卒業生には陸海軍のみならず、日本の航空産業を支える官民の幹部となることを期待してである。

「昨夜は遅かったのかね」

「いえ、さすがに校内からは追い出しましたよ。入学式の前に乱闘など御免ですからな」

「まだもめているのか」

「もめていますが、正直、自分は悪いこととは思いません。航空兵力は若い。そして、我が国の国防を左右する戦力となるでしょう。そうであるなら、いまここでの徹底した議論は無駄ではない」

「たしかに副校長の言う通りだ。そのために、この学校はあるのだ」

2

文部省練習航空隊は、独立空軍問題の解決策として誕生した。

二〇世紀初頭に陸軍の井上幾太郎少将が独立空軍を唱えた時には、海軍からの独自の航空戦力を保持したいとの意向により潰《つい》えた歴史があった。

もちろん、明治憲法の天皇大権も大きな制約要因ではあるのだが、この時の議論は、そうした法律論に踏み込む前の時点で独立空軍は無理という結論に至っていた。

しかし、それから一〇年ほどして満州事変から熱河作戦に至る一連の戦闘で、航空戦力の重要性と可能性を陸海軍は再認識することとなった。

一つには、その一〇年の間に航空機技術の進歩が著《いちじる》しいことがある。布張りの複葉機が二〇〇馬力ほどのエンジンで時速二〇〇キロ以下で飛行するような時代なら、航空戦力の有用性といっても偵察くらいしかなかった。

爆弾を投下できはしたが小さなものであり、爆撃機の信頼性も低かった。さらに陸軍ならまだしも、海軍では小さな爆弾は艦隊戦ではお呼びでなかった。

しかし、それから航空機技術はめざましく進歩し、単葉や複葉機でも金属翼が珍しくなくなった。攻撃機にしても爆弾は大きくなり、なにより雷撃が可能となった。

航空雷撃で主力艦を沈められるのかという議論は、いまだ決着がついていないが、つまり「不可能」と議論を一刀両断できない水準にまで至っているということである。

そうした中で独立空軍の議論が出てきたが、今回は議論の中身はそれまでの技術論では終わらなかった。陸海軍ともに、第一次世界大戦のような総力戦に日本は耐えられるのかが大きな課題となっていた。

これについては二つの考え方があった。

一つは平時より大軍を維持しつつ、短期決戦で戦争を終わらせて総力戦を避けるというもの。

もう一つは計画経済の導入などにより、日本の産業構造を総力戦に耐えられるものにするというものだ。

もっとも陸海軍内には、そもそも総力戦について考えていない人々も少なくなく、また二つの派閥にしても総力戦という観点では、同じ派閥から分離した枝葉とも解釈できた。

問題が難しいのは、派閥の中には総力戦に対する自身の見識はないものの、先輩や上司に感化されてなにがしかの派閥に属するような軍人もいたことだ。

そういう意味では総力戦に関する陸海軍内の考え方は、派閥で二分できるほど単純ではなく、多種多様であったと言える。

そうした総力戦研究の中で、短期決戦派と総力戦体制派の両者の交点（あるいは妥協点）として研究されてきたのが、航空戦力であった。

「戦艦一隻の予算で一千機の航空機を準備できる。一千機の航空機が、一斉に敵艦隊を襲撃すれば、本土に指一本触れさせることはない！」

これは海軍から出された意見であった。興味深いのは、それが短期決戦派と総力戦体制派の一部から、並行して提案されたことだった。

つまり、短期決戦派は「一千機の航空機が敵艦隊を襲撃する」を重視し、総力戦体制派は「一千機の航空機を準備する」を重視した。

そして、この二つのグループは航空主兵派として一つになり、陸軍の同様なグループとも同盟関係にあった。

航空機産業がまだ揺籃《ようらんき》期にある日本においては、二つの意見は対立しなかった。ともかく航空機を一千機（という数字は少なからず抽象的なものであったのだが）準備するには、それを可能とする航空機産業を育成しなければ話にならない。生産数が五〇機、六〇機程度では、総力戦どころの話ではないのだ。

こうした中での陸海軍航空関係者の集まりには、中島や三菱など航空機メーカーの人間も専門家として加わるようになった。

この民間企業の技術者の参入は、陸海軍航空関係者の考え方に大きな影響を与えた。先端機械技術の粋を集めた航空機の製造に関して、日本は材料の品質や機械加工の精度管理、元請け・下請けの問題など、厄介な問題を抱えていることが明らかになったからだ。

民間企業の技師などの中には、こうした問題を個別に解決する案を持っている者も少なくなかった。

そうした議論の中で、一つの結論が導かれた。航空機産業の構造的な問題を解決したならば、それは日本の重工業・機械工業が持つ構造的問題を解決することにつながると。つまり、信頼できる工業基盤さえあれば、短期決戦も総力戦も選択することができるというものだ。

この考え方は、当初は公にはされなかった。五・一五事件の直後であり、総力戦のための産業構造の変革は、考えようによっては革命思想にも解釈できる。

そのため、ある段階から独立空軍の研究という形に関係者の集まりは変化していく。

その中でまず着手されたのは、陸海軍共通飛行機であった。これは議論もあったのだが、総力戦という大きな枠組みの中で、日本が飛行機の数を揃えるためには、陸海軍共通の機体であるべきとの結論に至ったのだ。

共通機体で数を揃える。その上で現場に合わせた改修を行う。陸海軍共通機体の利点は、陸海軍の戦略に柔軟に対応できることだ。

陸軍の仮想敵はソ連で、海軍の仮想敵はアメリカ。しかし、日本がこの二カ国と同時に戦争となることはない（戦略的にもそれは避ける）。

そうであるなら、ソ連との戦争では海軍航空隊も陸軍と共闘できるし、アメリカとの戦争では、陸軍航空隊が海軍と共闘できる。共通飛行機だからこそ可能なことだ。

そしてこの方針から導かれるのは、陸海軍とも同じ教育カリキュラムを要求するということだ。

その内容には議論があったが、空母への離発着能力は不要（それは海軍航空隊で面倒をみる）だが、洋上航法は必要というものだ。

この段階では日本海軍も空母は四隻しかなく、しかも二隻は鳳翔《ほうしょう》と龍驤《りゅうじょう》の小型空母であり、空母への離発着は特殊能力であり、陸海軍共通の技量にする必要はないという結論だ。

ある意味において、日本の工業基盤で数を揃えることが可能なのかという強迫観念が、陸海軍航空関係者に機材の共同化を促したと言える。

もっとも、冷静に考えれば海軍陸戦隊などは、すでに陸軍と同じ装備を活用しており、そうした前例からすれば、必ずしも突飛な発想ではない。

この陸海軍共通飛行機は陸海軍だけでなく、商工省も乗り気であった。重要産業の統制に関し、自動車や飛行機のような裾野の大きな産業をテコにすることはうってつけだったためである。

このように話が官・軍の間で順調に進んだのには、もう一つの背景があった。航空機技術の急激な進歩と同時に、この二〇年ほどの間の日本の経済成長が目覚ましいことである。

トータルな国富を論じれば、日本はいまだ貧しく、列強最大の経済成長率というのは、別の表現をすれば出発点が低かったということでもある。

それでも大正期に独立空軍が論じられた時代と比較して、日本の経済規模は倍に拡大していた。世界恐慌の影響を受けて深刻な不況に見舞われながらも、マクロ経済では拡大を続けていたのである。

そのため総力戦に対する認識も、大正と昭和では違っていた。統制経済により計画的な産業統制を行い、無駄を排除すれば、総力戦を可能とする経済力・産業基盤を築くことができる。そう言う人間も増えていたのだ。

独立空軍への環境は、こうして整ったかに見えた。だが、ここでようやく憲法問題が具体的な制約事由として議論にのぼってきた。

言い換えるなら、法律問題さえクリアできれば、人材や機材等は空軍創設が可能となるレベルにまで環境が整ったということであった。

同時に、憲法の問題に伴い陸海軍側から空軍反対論も起こってきた。問題が大きいだけに、反動もまた大きくなる。

反対論で憲法以外の論点は、作戦に関わるものだった。

いままでなら一人の指揮官で、師団と航空隊、あるいは艦隊と航空隊を指揮できたのに、空軍を独立させると指揮系統が煩雑になり、連携が円滑にいくか疑問があるというのである。

陸軍からは兵站《へいたん》の問題が指摘されるし、海軍からは空母航空隊と基地航空隊の問題が指摘された。

さらに陸海軍の古参の将官たちには、航空兵力そのものへの不審感があった。日清日露を戦い、実戦で確かめられた陸海軍とは異なり、航空兵力にはそうした経験がなく実績もない。

陸海軍と対等に空軍を独立させてみたが、一軍をあえて創設しながら「戦力としては見るべきものがありませんでした」では、話にならない。

この点では、航空兵力の実績が未知数だけに、そもそも結論が出せるはずもなかった。いわば悪魔の証明のようなものだ。

こうした議論の中で、あまり口にされなかったのは予算の問題だった。航空隊が陸海軍から抜けるなら、それだけ陸海軍予算が削減される。軍部という官僚機構にとって、予算削減は看過できない問題であった。

陸海軍の中だけで議論されていたとしたら、話はせいぜい飛行機の共通化程度で終わっていたかもしれない。

しかし、航空産業の総力戦体制への移行という点では、商工省や内務省なども深く関わっていた（内務省の場合は、独立空軍を論じる陸海軍将兵が国体変革を企てていないかの調査の意味もあった）。

そこで出てきたのが、練習航空隊構想であった。文部省管轄の学校として、航空戦力の研究と人材育成を行う学校を創設する。あくまでも航空技術を学ぶ学校であり、独立空軍ではない。

陸海軍はいままで通りに、自分たちの傘下に航空隊を保有できる。だから明治憲法の制約も何もない。

しかし、使用する機材の多くは陸海軍共通であり、なによりも人材が同じカリキュラムで訓練されることは、まさに総力戦を想定する上で大きな利点が期待された。陸海軍で戦力の融通が柔軟にできるからだ。

練習航空隊は、中学卒業以上で試験と面接に合格した人材に航空機搭乗員としての訓練を施すが、陸海軍将兵にも門戸が開かれていた。

前者は生徒として学費は免除されていたが、身分は学校の生徒に過ぎず、軍人でもなければ官吏でもない。後者は軍人の身分のまま、生徒として教育訓練を受けた。

生徒たちは卒業試験に合格した後に卒業証書を手渡され卒業する。文部省管轄はここまでだ。

一方、陸海軍は——あくまでも建前として——練習航空隊とは別に、卒業予定者を対象に入学志願者を募った。じっさいは練習航空隊側と陸海軍側で話し合って、人数調整などが行われることになっていた。

なので練習航空隊の卒業生は、卒業と同時に陸海軍将兵として少尉任官すること が決まっていた。

少尉任官なのは、現時点において日本陸海軍は幹部搭乗主義をとっているためと、設備やカリキュラム的に下士官・准士官まで手がまわらないためだ。

総力戦の観点では、そうした下士官・准士官の大量養成も視野に入れねばならないが、そもそも教える側に余力がない。

実際問題として、練習航空隊は最初の数年は部隊指揮官となる幹部の養成が中心課題と認識されていた。

航空戦力が拡大できるかどうかは、飛行機の量産もさることながら、組織管理者としての将校の数が重要である。

一期生の少尉たちも数年すれば、分隊長や中隊長を任される大尉となる。錬成した指揮官層が厚ければ、搭乗員を大量養成しても航空隊は維持できる。とりあえずいま現在は、下士官・准士官の養成は考えなくてもいいという認識だ。

練習航空隊の利点の一つは、この学校が文部省予算で運営され、軍事費とは別会計であることだった。軍備の近代化を進める陸海軍にとって、これはありがたいことである。

こうして陸海軍省・軍令部・参謀本部などの中堅幹部らが練習航空隊という形で、可能な限り独立空軍に近い組織をまとめ上げた時、最後の難関が誰をトップに据えるかだった。要するに校長人事である。

最初は米内光政《よないみつまさ》横須賀鎮守府長官への説得工作が行われた。本校が横須賀であるし、海軍の要職である横須賀鎮守府長官——の格はこの時期、連合艦隊司令長官職より高かった——が動けば万事好都合である。

しかし、米内長官は練習航空隊構想には強く賛同してくれたものの、多忙を理由に固辞していた。その代わりに米内長官が推したのが、参謀長の井上成美大佐であった。

「彼の才能を我が海軍は無駄にはできんが、現状では予備役編入させられる可能性もある。帝国の航空戦力の一大発展のような仕事こそ、彼には相応しい。

ここで結果を出してくれれば、わが国の航空兵力は発展し、海軍も人材を予備役編入させるような愚をおかさずともすむ」

こうして練習航空隊初代校長が井上成美大佐となり、副校長が陸海軍のバランスから陸軍の三木中佐となったのである。

3

「さて、この時間は戦術講義の時間であるが、今日は特別にやり方を変える。夏期休暇を前に、諸君らも本校で学び、思うところがあるだろう。ひとつ、それを徹底して議論してみたまえ」

小柳首席教官は陸海軍の生徒五〇名ほどの前で、そう促した。

現状では、陸海軍将校を学生として教えるカリキュラムと、少年たちに基礎的な教育を施す生徒のカリキュラムに分かれていた。

当初は心機一転、練習航空隊ではみな同じという方針だったが、年齢差や社会人経験の差などから、すぐに学生と生徒に分けられた。

基本的にこの場にいる陸海軍の学生は、すでに航空機の搭乗経験もあり、ここでの教育がそれほど必要のない人間たちであった。

それがこの場にいるのは、陸海軍の流儀の違いを乗り越えて、航空機搭乗員という一体感を錬成するためと、将来の指導者としての研究の場を提供する意味もあった。

それは練習航空隊という学校そのものに、日本の航空戦力はまだ発展途上という意識があったためだ。だからこそ小柳首席教官は、時に挑発的な議論を学生たちの間で行わせた。

満鉄航空の社長を事実上、解任された時は、確かに憤《いきどお》りもした。社長を辞めさせられたことが業腹《ごうはら》というより、周囲の思惑で勝手に社長に奉られ、そして今度は、急に社長を解任するというやり方に対して憤ったのだ。

ただ、解任された理由に関しては怒りはなかった。一つには満鉄航空そのものの大規模な組織改編が行われたことだ。

これは満鉄の平行線問題とも関係するようで、鉄道・航空連携による価格競争力強化を狙ったもので、いままで人も物も運んでいた満鉄航空を物資輸送と旅客部門に分離するというものだった。

物資輸送と旅客輸送が独立した会社となり、それぞれに社長がつく。今度は満鉄の人間が経営に直接携わるので小柳の解任となった。

もう少し詳しく見てみると、この航空機会社の分社化には、関東軍の意向が大きく反映しているともいう。対ソ戦に備え、大規模な空挺作戦を展開する能力を民間企業の形で温存するのだ。旅客部門が空挺で奇襲をかけ、爾後《じご》の戦線は物流部門が空から支えるという構想であるようだ。

関東軍がそんなことを真剣に考えたのは、小柳飛行機の熱河作戦における働きだというから、因果応報と言えなくもない。

さらに関東軍のこうした動きの背景には、日本国内の独立空軍研究の動きがあったという。それが練習航空隊となったのだが、これを立ち上げるにあたっての最大の問題は教諭陣であったらしい。

校長や副校長は軍人というより高等官の官吏としての職であったが、実態はどうであれ、さすがに文部省の学校で教諭陣がみんな軍人というのは不都合である。

また陸海軍側も黎明期の航空戦力の中で、現役武官を教官としてとられるのは、部隊の運営上問題であった。

この問題を解決する手段として、軍人たちが興した航空会社の人間を教官とし、教諭陣を揃えるということが考えられた。じつは満州にある小規模航空会社の統合は、このための布石であり、その時点から人選が行われていたという。

小柳の社長就任も、教諭陣を束ねる首席教官として最初から考えられており、組織運営の力量を確認して——同時に社長を務められる人間は小柳しかいなかったという事情もある——今回の異動となったのだ。

正直、こうした背景を説明されて愉快なはずはない。しかし、首席教官の職は天職である気がした。すべての筋書きを書いていたらしい笹山には形ばかり苦情を言ったりもしたが、要請は快諾した。

笹山にしても、私利私欲でこうしたことを計画していたわけではない。そういう点では小柳も同じだった。

じっさい生徒はともかく、学生たちの教育は相手が現役軍人だけに難しい。首席教官として中佐相当官の官階で仕事をしているが、少佐だが佐官も何人かいて、階級程度では黙らせられない。

小柳自身も階級で黙らせるつもりはない。議論し、力量で納得させるか承服させる。あるいは対立したまま好敵手として臨む。

議論によっては消灯されるまで続くことがあり、じっさい年度末である三月末も、副校長に追い出されるまで一部の生徒は議論を闘わせていた。

その意味では、挑発的な議論は小柳のやり方と言ってよかったかもしれない。

小柳は黒板に大きく板書する。

「戦闘機は無用なりや？」

生徒たちはどよめいた。それは何度か議論になりながら、曖昧な形で議論がとめられた問題の一つだからだ。

理由は、技術論や戦術論の枝葉末節《しようまつせつ》に議論が向かってしまうと結論が出ないためだ。「爆撃機は銃弾を何発受ければ墜落するか」みたいな議論は、それぞれに根拠を持った論は立てられるが、結局は机上の空論に終わる。

「今回は、海軍の空技廠《しよう》から熊谷少佐を招いている。技術的な問題に関しては、熊谷少佐に尋ねれば有意義な議論ができよう」

熊谷少佐は、面白くも可笑しくもないという表情で目礼した。この「部外者」の存在に、教室内はやや静寂を迎えたが、それも議論が始まってすぐに吹き飛んだ。

「双発、あるいはそれ以上の爆撃機であれば、エンジンも大きく馬力も強い。したがって、速力において戦闘機では追躡《ついじよう》できない！」

戦闘機無用論者の生徒がそう主張すると、熊谷少佐が訂正する。

「双発以上の爆撃機のエンジン出力が戦闘機に勝るのは事実である。しかし、爆撃機であるから爆装しており、総重量もまた戦闘機に勝る。

さらに、機体が大きくなることは表面積の増大を意味し、速力が戦闘機に勝るとは一概には言えないだろう」

「じっさい、ユンカースの大型爆撃機よりも戦闘機のほうが高速だ」

戦闘機有用論者がそう意見を述べると、それに対しても熊谷は指摘する。

「大型機は機体構造に関して、まだ研究の余地があり、残念ながら本邦の技術では重量過大になる傾向がある。

しかし、それらは経験を積めば数年を経ずとも合理的な構造を設計できるだろう。そうなれば、高速な爆撃機は可能だ」

戦闘機無用論者も有用論者も熊谷の見解に対して、どう解釈すべきか悩んでいるようだった。どちらかに味方するわけではなく、さりとて、ことさら中立を維持しているわけでもない。

彼はあくまでも、現在の知見での技術的根拠のある見解を示しているに過ぎない。

ただ注意深く話を聞けば、熊谷がどっちつかずの態度ではないことはわかる。彼は、現時点での爆撃機の技術的限界と将来的な可能性を述べているに過ぎない。その主張に矛盾はない。

しかし、それが理解できない人間もいて、熊谷に「どっちの味方か」と問いかける奴もいた。そんな相手に、熊谷はあくまでも冷静に応対する。

「速度という観点では、機体の技術とエンジン技術の関係で決まる。それで言えば、この一〇年ほどであれば、速度では戦闘機が優位である可能性が高い。しかし、エンジン技術が進歩すれば、戦闘機も爆撃機も速度の上限に至るだろう」

それは小柳もはじめて聞く話であった。

「その速度の上限について説明してもらえまいか」

「わかりました。エンジンが大馬力化・高速化を迎えるならば、回転するプロペラの先端部分は音速に近づきます。そうなると、プロペラの効率は急激に低下するのです。エンジン馬力をいくら上げても、効率の低下から速度には結びつかない。

わかりやすく言えば、プロペラ機は音速以上では飛べない。したがって、爆撃機も戦闘機も速度の上限がある。つまり、どちらかがどちらかに対して、速度的な優位は確保できない」

「音速を超えることはできないのか」

「大砲の砲弾は音速を超えています。ですから、物体が音速を超えることは可能です。ただし、音速を超えるような飛行機がどのようなものであるか、小職にはわかりません」

熊谷少佐の説明は、生徒たちに大きなショックを与えたらしい。

飛行機が音速を超えられないという話もそうであるが、熊谷の視点や論理展開そのものが、生徒たちには新しい発想法に思えたのである。

プロペラの先端速度が音速に接近するところから、飛行機の速度限界を導くなどあり得るのか。それがあり得ることを、いま彼らは目にしたのだ。

熊谷少佐の説明により、議論はこの一〇年に想定されうる航空技術の範囲という形で整理された。実際問題として軍人たちにとって重要なのは、この一〇年なのは間違いない。

そこで、爆撃機より戦闘機が高速という前提で、再び戦闘機無用論が議論される。

小柳首席教官が驚いたのは、熊谷少佐の話を聞いたためか、生徒たちの議論が表層を見るだけでなく、多角的に見ようとするものに変化したことだ。

そうした観点でものを見ようとする生徒は一〇人程度だったが、その一〇人が生徒たちの議論をよい方向に深めていた。

じつは以前も同様の議論がなされたことがあり、その時は機銃の話に終始していた。飛行機はアルミ板で作るしかなく装甲は施せない。だから火力をどうするかという方向の議論である。

その時は定量的な話もできず、大砲でも載せるかという話で議論は自然にうやむやで終わった。

しかし今回は違った。まず、爆撃機や戦闘機の防御とは何かという視点での議論となったのだ。機体を守るのか、乗員を守るのかという議論になった。

そしてそれは、爆撃機や戦闘機で乗員を守ることの意味を問うことになった。

飛行機に装甲板は載せられないという話も、限定的なら可能かという議論になり、さらに撃墜された機体から脱出して生還できるなら、それも守りではないかという議論にまで発展した。

結局のところ、戦闘機無用論についての議論に結論が出ることなく、むしろ議論はいままでになく発散したものとなった。

しかし小柳首席教官は、今回の議論を成功だと考えていた。確かに議論に結論が出ることはなく、その意味では徒労に終わったと解釈できなくもない。

だがそれは、小柳が提起した問題が不適切だったためではないか。それよりも多様な視点で問題を見ることができたこと、それこそが重要だ。

「貴官のおかげで、非常に有意義な時間が持てたと思う。首席教官として礼を言う」

小柳首席教官がそう述べると、熊谷少佐は相好《そうごう》を崩した。意外に表情豊かな人物と見える。

「いえ、私こそ非常に勉強になりました。なんと言いますか、あのような生徒たちが将来、日本の航空を支える幹部になるのなら、日本が航空の世界で列強に伍《ご》する日も意外に近いかもしれません」

「それは同感だ。ペリーの黒船が来た時、日本人は蒸気船を持っていなかった。それでも世界に伍する艦隊を建設できた。

いま航空機は世界でも遜色のない時期に導入し、研究がなされてきた。ならば列強に伍する翼を持つことは十分可能だろう」

小柳首席教官はこの時、熊谷を教官に迎えられないかということを考えていた。校長や副校長のことがあるから不可能ではないはずだが、それでも現役武官を文部省管轄の練習航空隊に迎えるのは、相応に難しい手続きが必要だろう。

熊谷少佐の力量を考えるなら、空技廠側が手放さないことも十分に考えられる。あいにくと陸海軍の航空研究機関の統一はできていない。独立空軍を練習航空隊という形で現実的に妥協したため、空技廠や航空技術本部などは海軍や陸軍が独自で保有している。

練習航空隊の卒業生が多数派を占めるようになれば、そうした研究機関も統合に向けた動きが出るだろうが、いまは無理だ。むしろ既存の研究機関側が戦々恐々としているとも聞く。

そういうことは百も承知の上で、小柳は熊谷を引き抜くことを考えていた。

「先ほども言いましたが、小職も今回の議論はたいへん勉強になりました。ただやはり感じるのは、陸海軍航空分野の層の薄さです」

「層の薄さ……人材が足りていないということかね」

「いいえ、少し違います。例えば、戦闘機の機銃について専門に研究している人間がどれほどいるか、ご存じですか」

「戦闘機の機銃の研究⁉」

それは小柳も初耳だ。戦闘機とは、換言すれば機銃に羽根をつけて飛ばすようなものだ。機体への実装法に工夫や研究は必要かもしれないが、航空機用の機銃の研究に専属の人間が必要なのか。

そんな考えが顔に出ていたのか、熊谷は苦笑する。

「いまさら機銃に何を研究する余地があるのか。そうお考えですね」

「正直言って、そうだ。機銃は機銃だろう」

「そういう軍人は陸海軍ともに多い。おそらく英米も似たようなものかもしれません。しかし航空機用の機銃こそ、十分に研究すべき対象なのです」

「改良の余地があるということかね。ただ、機銃の研究が手薄だったとして、満州事変でも熱河作戦でも、それが大きな問題となったという話は聞かないが」

「そうなのですが、まさにそこに陥穽《かんせい》がある。満州事変の飛行機は低速の複葉機で速度も遅い。だから機銃に不都合が生じることもあまりなかった。しかし、最新鋭の戦闘機となると速度も大きく、激しい運動性能から加速度も馬鹿にならない。

そしてこの空戦時の加速度により、機銃の遊底が作動不良を起こし、機銃を撃てなくなる現象が報告されているのです。常にではありませんが、そういう現象が増えているのは確かです。

なるほど、兵器としての機銃そのものを研究している人員は多い。地上で固定した機銃の弾道や威力を計測し、研究している人間は多い。そうして兵器は制式化され、部隊に配備される。

ですが、空戦時における機銃の力学を研究し、そこで起こる動作不良の対策は、実質的に一人の技術者がその場その場で対応しているに過ぎません。

理論解析などを行いたいところですが。目先の修理に忙殺され、根本的な原因究明に着手できないのが実状です。

いまのところ、機銃は七・七ミリ機銃が主流です。色々な理由がありますが、飛行機の性能や構造から、いままではそれで十分だったのです。

しかし、飛行機はすでに全金属が当たり前になりつつある。速度も向上し、加速度も大きくなった。機銃に七・七ミリ以上のものが求められるのは必定です。そうであれば、機銃の研究をしているのが一人では話になりません」

「本当に一人なのか……」

それが愚問なのは、小柳にもすぐにわかる。ここで熊谷が嘘を言ってどうなるというのか。

「機銃は一例に過ぎません。無線機はどう実装すべきか、燃料の防弾はどうするか。そういう部分は重要ながら目立たない。そうした分野の人材を厚くしなければなりません」

熊谷の話も小柳には衝撃的だった。

いったい練習航空隊で、どれだけ自分の知らないことを目《ま》の当《あ》たりにしたか。そんな彼の表情を読んだのか熊谷は言う。

「人材こそ航空機のもっとも重要な燃料なのです」

4

昭和一〇年秋。

運転場ではV型一二気筒の水冷エンジンが快音をあげていた。竹上主任技師はテスト台のエンジンの様子と、それにつながる温度計などの計器を真剣な表情で見つめていた。

「主任、これはいけそうですね！」

轟音《ごうおん》の中で部下の技術者が怒鳴る。それに竹上も指でＯＫのサインを出す。

「最初の試作機は跡形もなくなったからな」

それは、試製統制型V型一二気筒液冷エンジンと呼ばれるエンジンだった。そもその出発点は航空自立を目指すため、海軍より研究課題として発注された液冷エンジンだった。

七〇〇馬力クラスのV型一二気筒の水冷エンジンの開発計画。それは、ほぼ海軍の要求通りに完成した。完成はしたが、このエンジンの生産数は中島飛行機が期待したほどには多くなかった。

彼が満鉄航空に試験目的で提供した九試単座戦闘機のせいだった。全金属単葉のこの機体は、速力と火力で欧米の戦闘機に勝ると評価され、関係者を大きく喜ばせた反面、運動性能が複葉機より悪いことも指摘された。

翼面荷重からいって、これは避けがたい話であり、九試単座戦闘機こそ、戦闘機開発の流れとしては正当なものと竹上主任技師は考えていた。

そして、練習航空隊でも色々な議論はあったらしいが、おおむね竹上主任技師の意見を受けいれてくれた。だがその議論の中で、大馬力で一撃離脱を行う戦闘機という構想が出てきた。

「速度こそが防御」とか「戦闘機は重火力が身上」などということらしい。

そうした観点で見ると、九試単座戦闘機は制式採用してもよいものの、将来の戦闘機の発達を考えるなら、七〇〇馬力は中途半端という返答が戻ってきたのだ。

「航空技術の発達の趨勢《すうせい》を鑑みるに、帝国陸海軍が保有する単発機の発動機出力は一〇〇〇馬力を基準とするのが望ましい」

これはなかなか挑発的な内容を含むことを、竹上主任技師は読み取っていた。

単に七〇〇馬力を一〇〇〇馬力にしろという単純な話ではない。一〇〇〇馬力を基準とするというのは、いまは一〇〇〇馬力で、将来的にはそれ以上の出力という意味になる。

つまり、小手先の改良で七〇〇馬力を一〇〇〇馬力にするのではなく、一〇〇〇馬力以上を出せる発展の余地のあるエンジンを開発しろという意味だ。

竹上主任技師はその要求を読み取り、新型エンジンの開発構想をまとめた。この時点で、提出先は海軍から練習航空隊となっていた。

どうやら同様の要求は三菱など、ほかのメーカーにも出されていたようだ。

しかし、要求仕様を正しく読み取ったのは竹上主任技師だけだったらしく、それからしばらくして練習航空隊と陸海軍の連名で、ほぼ竹上主任技師の案に沿った統制型液冷エンジンの開発命令が下りてきた。

結果的に竹上主任技師のチームが、他社のチームよりも頭ひとつ有利に開発を進められた。

ただし、だからと言って開発は容易には進まなかった。七〇〇馬力から一〇〇〇馬力とは、ほぼ五割増しの仕事である。そのため設計や熱加工、材料などによるトラブルが頻発した。

そもそも七〇〇馬力エンジンそのものも十分な運用経験があるわけではなく、未知のトラブルは予想以上に多かった。なかにはクランクケースが割れるような深刻なものもあった。

また、キャブレターの問題だと思っていたものが、じつは国産の潤滑油に原因していたということもあった。金属材料や潤滑油など、統制型エンジンの完成のためには、中島飛行機の努力だけではどうにもならない点も少なくなかったのだ。

そうした問題を竹上主任技師は一つ一つ潰していき、ついに安定した運転を行える統制型エンジンを開発した。これが完成するまでに、少なくない数のエンジンが屑鉄《くずてつ》になっていた。

しかし竹上主任技師の感動は、自分のエンジンの快音のためだけではなかった。

結局、このエンジンは化学工場や製鉄所、非鉄金属、電装品など、関係企業の協力なくしては不可能だった。

竹上主任技師は意見を通すため、虎の威を借りる狐よろしく、軍需を錦の御旗に関係会社に恫喝《どうかつ》めいた――当事者には恫喝以外のなにものでもなかっただろうが――ことも行い、協力を取りつけてもいた。

じっさい竹上にいまだ怨みを抱いている会社もあれば、竹上にしたがったことで、製品の品質が向上したことに感謝してくれる会社もある。

竹上を怨んでいる会社にしても、製品の品質や信頼性は向上した。ならば、自分一人が怨まれるなどつまらぬこと。そう達観できるほど、竹上はこのプロジェクトに没入していたのだ。

そして、いま思う。エンジンは結果であり、これを可能とする材料の規格化標準化が出来上がったこと。これこそが大事業だったと。

「これができなければ、一〇〇〇馬力を超えるエンジンは不可能だからな」

竹上は、そう轟音の中でつぶやいた。


「一年の違いで、この違いか」

竹上主任技師は試験会場に並べられている、二機の全金属単葉の単座機に改めて感銘を受けていた。

一機は制式化された九式単座戦闘機、もう一機はこれから試験を行う一〇試単座戦闘機である。

九式と一〇試はほぼ同じ形状であるが、見る人間が見れば違いは明らかだった。

「これも新型発動機のおかげですよ」

一〇試単座戦闘機の主務者は、そう言って竹上をねぎらう。

「いや、関係者全員のこの一年の働きが、ここに結晶してるんですよ」

それは謙遜などではなく、竹上主任技師の本心だった。

竹上主任技師の担当は発動機、つまりエンジン開発が主であるが、複数の航空機開発にも関わっており、特に戦闘機開発についてはチームの中心メンバーの一人であった。

これは一〇〇〇馬力級の統制エンジンが戦略エンジンとなる想定によるものだ。単座機の多くがこのエンジンを活用するということは、エンジンの専門家が機体設計に関与する必要性を増す。

そして、このことは——主に中島飛行機でのことであるが——機体開発の方法を変えた。

従来は、機体の設計者が機体開発の責任者であった。それが当然と思われていたのは、結局のところ、飛行機の構造が単純であったためだ。昔は計器も単純で、無線機さえ積んでいなかったのだ。

しかし、航空機技術が進歩すると、機体を構成するコンポーネントも複雑になってくる。そうなると、それまでの「機体に部品を取りつける」という概念では対応できなくなった。

「機体は飛行機の一番大きな部品」と解釈するほうが合理的となる状況に至り、機体設計者とは別に「飛行機の開発」全般を管理するマネージャーが置かれることになった。

これはコンポーネント相互の干渉などの問題を解決する上で大きな効果があった。いままでは「機体に部品を合わせろ」だったものが、「部品同士の不都合の解消」という流れになったからだ。

この統括責任者がマネージャーとして置かれることで、機体の信頼性だけでなく、全体の不都合を俯瞰《ふかん》した視点で解決できるようになっていた。

その結果、竹上主任技師もエンジンの専門家として、統制型一〇〇〇馬力エンジンを搭載する機体の開発に関わることができるとともに、次の開発目標を適切に立てることができるようになった。

そうした中でも彼が積極的に関わっていたのは、一〇試単座戦闘機の開発だった。

これは基本的に九試単座戦闘機と同じものであるが、いくつかの仕様について数字が高くなっていた。要するに、七〇〇馬力級のエンジンを意図した機体から、一〇〇〇馬力級のエンジンに切り換えるというものである。

一〇〇〇馬力エンジンは将来的にエンジン出力の増大を加味しているから、この一〇試戦闘機こそが、陸海軍の統合戦闘機の主力となると考えられていた。

これで基礎的なものを作り上げて一二試あたりで、さらなる性能向上を目論《もくろ》む。そうして練習航空隊体制は確立するという戦略だ。

九試と一〇試は一年数ヶ月の差しかなかったものの、出来上がった機体技術はかなり進んでいた。それだけ技術の発達が顕著だったことと、中島飛行機を頂点とする航空機部品のサプライシステムにおいて、精度管理・品質管理の水準が急上昇したことも大きい。

要求仕様を満たさないと仕事を打ち切られるのだから、下請けや孫請けも真剣にならざるを得ない。同時に満たすべき仕様について、これまで曖昧な指示だったものが、規格化・標準化により具体的になったことで、請け負う側も自身の問題点を客観的に把握できるというメリットがあった。

むろん要求仕様を満たせない中小企業もあり、そういうところは航空産業から撤退するか倒産した。ただ下請け・孫請けには、こうした動きは該当部品の内製率を高める方向に働き、全体の水準は向上した。

また、仕様を満たせなかった中小企業が統合して、要求仕様を満たせる新会社になるという例も、数は少ないが二件ほど起きている。

そうした背景もあり、一〇試単座戦闘機は固定脚から引込脚を採用することや、七・七ミリ機銃を二丁から四丁に増やすという火力の強化が図られていた。

そして、地味だが画期的なのは照準器の改善だった。第一次世界大戦の戦勝国だった日本は、ドイツから各種の航空機装備を研究用に持ち帰ったが、そうした中にオイゲー社の望遠鏡式照準器があった。

望遠鏡式照準器は確かに進歩ではあったが、夜間は使えないなど色々と制約も多かった。

その後、ナチスの勢力拡大などでいくつかのドイツ企業は再軍備を視野に入れた開発を始めた。オイゲー社もそうした企業の一つで、望遠鏡式ではない光像式照準器を開発し、ＥＮＩの商品名で海外に販売し始めた。

オイゲー社は航空自立を急ぐ日本も有力な顧客になると判断し、このＥＮＩを売却したが、ナチスの勢力拡大で再軍備が具体化しそうな状況により、いくつかの製品を売却して取引は終了する。

これはドイツが再軍備に必要な資源を中国から調達しようとしたためで、中国と対立する日本との軍需品の貿易を中断するという判断によるものだった。

そこで、練習航空隊や陸海軍の研究所はＥＮＩを分解し、コピーする形で光像式照準器の国産化を進めたのである。それが一〇試単座戦闘機には搭載されていた。

「始まりましたよ」

主務者の言葉通り、まず九式単座戦闘機が離陸する。機体には射撃訓練用の吹き流しが装備されている。離陸してから、それを展開する。

標的機なら無人のものも含めてほかにもある。しかし、一〇試単座戦闘機の性能を引き出すためには、互角の性能の飛行機が必要だ。だからこそ、もっとも性能の近い九式単座戦闘機が標的機となる必要があった。

九式単座戦闘機の全金属単葉の姿は、いま見ても印象的だった。日本軍の最新鋭戦闘機なのであるから、それも当然だ。

しかし、続いて一〇試単座戦闘機が離陸すると、その印象も薄れる。七〇〇馬力と一〇〇〇馬力の差は圧倒的であり、なおかつ一〇試単座戦闘機は引込脚式の戦闘機だ。

九式単座戦闘機は先に上昇していたが、一〇試単座戦闘機はそれに対して急激に追い上げて行く。そうして最初の模擬演習が始まったが、前を行く戦闘機からの吹き流しは、すぐに銃弾でボロボロにされた。

急上昇、急降下などの戦技も何度か行われたが、一〇試単座戦闘機は急降下でも急上昇でも九式単座戦闘機に追いつき、銃撃を加えることに成功していた。

「急上昇、急降下でもエンジンは安定してますな。欧米の液冷エンジンの中には、急降下や急上昇でエンジンが止まるものさえあるとか」

「そこは工夫しました。キャブレターの改善で」

竹上主任技師が欧米の液冷エンジンを部品レベルまでばらして研究した成果の一つがそれだ。この点では、機体とエンジンの密接な協力態勢が信頼性向上に寄与したことになる。

「正式な計測はまだですが、あれなら毎時五〇〇キロは出ているのではないですか」

「計算では、最高速度は五二〇キロは出るはずです。あとは機体の改修でどこまで引き出せるかですね」

「それは画期的だ！」

しかし、竹上主任技師は思っていた。自分たちには、いま以上のことができるはずだと。彼は現状に満足していなかった。

第三章　渡洋爆撃

1

昭和一二年七月。盧溝橋《ろこうきょう》事件に端を発する日中両軍の衝突は、当初の不拡大方針にもかかわらず、少しも終息の気配を見せなかった。

戦闘はさらに上海の租界に飛び火し、武力紛争を招くに至り、一〇〇〇人近い死傷者が出た。

これは上海に上陸した日本軍と艦隊に対する中国側の反撃によるものだったが、日本軍も戦力を増強した中国空軍を撃破し、事変の早期解決を図ろうとしていた。

当初、日本海軍は空母部隊の投入で中国軍の撃滅を計画したが、空母部隊は上海近海でその動きが監視されているため、常に空振りに終わった。

戦争であるならば、上海の海上封鎖も国際法上は可能であるが、日中双方が地域紛争であり、武力衝突と主張しているために戦争ではなく、したがって海上封鎖もできない。それどころか、捕虜という身分さえ存在しなかった。戦争ではないためだ。

こうした状況で九月には、日本海軍は部隊を台湾の高雄に密かに進出させ、上海への渡洋爆撃を計画した。高雄から上海までは約一〇六〇キロ。新型の爆撃機であれば、往復可能な距離である。

しかし、作戦は何度か延期されていた。季節的に台風の時期であるためだ。航空機の性能が上がったと言われるが、台風にはかなわない。

そして台湾には、まだ台風の余韻はあるものの、上海上空は穏やかという気象予報が出る。奇襲には最適のタイミングである。

「あなたも同行するのですか」

海軍航空隊の熊谷中佐は、高雄に現れた竹上主任技師の姿に驚いた。渡洋爆撃は秘密作戦であることと、にもかかわらず民間人の竹上が現れたことにだ。

ただ、それが場違いではないことも熊谷中佐にはわかっていた。彼は新型機開発に深く関わっていたからだ。

「技術者として、この作戦に同行しないわけにはまいりません」

「誰からこのことを？」

「航空本部長から」

「校長からか」

練習航空隊初代校長の井上成美は、いまは海軍航空本部の本部長職にある。小柳首席教官に請われて、練習航空隊の教官として職に就いていたことのある熊谷は、いまだに井上を校長と呼んでしまうのだ。

「航空本部長の尽力で、同行の許可は得ております」

書類を見せようとする竹上を熊谷は制する。竹上が嘘を言っていないことくらい、熊谷にもわかる。

「一応、指揮官として説明いたしますが、これは実戦であり、我が隊に犠牲者が出る可能性があります。そして我々にはあなたを守る余裕はない」

「軍用機に無駄なスペースがないことは、設計陣の一員として十分承知しております」

熊谷中佐も、それは釈迦に説法とわかっている。なにしろ設計陣の主要メンバーが竹上主任技師なのだ。

「一〇式双爆の主務者は日本にいます。自分は発動機担当ですが、万が一、自分に何かあっても開発、改良は継続します。逆に経験の浅い人間では、実戦を見学しても問題点を見極め、それを理解することができません」

「わかりました」

熊谷中佐としては、そうとしか言えない。

「まぁ、自分も指揮官として、せいぜい生き延びる算段を心掛けますよ」


渡洋爆撃に参加する海軍の九六式陸上攻撃機は二七機であった。これは陸軍の九七式重爆撃機と同じ機体である。これらはメーカーに機体の開発命令をくだす練習航空隊では、一〇試双発爆撃機と呼ばれていた。

練習航空隊で開発された機体を調査し、合格すれば一〇試の「試」がとれて一〇式双発爆撃機となる。

予算の行政的な処理の問題から、練習航空隊が行うのはここまでで、一〇式双発爆撃機の量産命令と受領は陸海軍の航空隊となる。

陸海軍の航空隊が受領審査を行い、合格して九六式陸攻とか九七式重爆などと命名される。これは各航空隊が陸海軍予算の枠内で予算処理を行うためだ。

だから納入時期や審査手順によっては、同じ機体で運用時期も同じなのに、かたや九六式、かたや九七式と名称が異なることも起こる。

同じ機体に、時に三種類の呼称が存在するのは馬鹿げて見えるが、行政機関の予算処理手順としては独立空軍が存在しない以上、これが合理的なのである。

ただ厳密に言えば、一〇式双爆は陸海軍でまったく同じ機体ではない。海軍の陸攻と比較し、航続力は陸軍のほうが短く、爆弾搭載量は陸軍のほうが二〇〇キロほど大きい。

このへんの数字の違いは現場での調整が可能であり、簡単な改修で、海軍機の爆弾搭載量を増やして航続力を短くしたり、陸軍機の爆弾搭載量を減らして航続力を延ばすこともできた。

生産は三菱と中島飛行機で行われたが、完成機は同じである。違いは製造番号の刻印の仕方くらいだろう。ただ、おおむね陸軍向けは三菱、海軍向けは中島飛行機が担当していた。

「先日、小柳さんにうかがいましたが……」

台湾から離陸して巡航中の一時《いっとき》、指揮官席のとなりの竹上主任技師が話しかけてきた。

「首席教官は、いまは?」

「飛行戦隊の戦隊長でした。戦闘機隊です」

「戦闘機か。それは意外だな」

「小柳さんに言わせれば、輸送機や爆撃機は余技みたいなもので、本職は戦闘機だそうです」

「まぁ、戦隊長まで操縦桿は握らんか」

日華事変が長期化しそうな状況の中で、練習航空隊にも変化があった。その半分は日華事変の有無にかかわらず既定のことだったが、教官陣の現役復帰・原隊復帰である。

陸海軍ともに練習航空隊で幹部要員が増えると、航空隊も増設されていくが、そうなると経験を積んだ佐官クラスの人材が、どうしても不足する。なので教諭陣の何割かは順次、現役復帰・原隊復帰することが決まっていた。

熊谷は、もともと「井上大佐に頭を下げられたら、もう仕方がないから出向」という形で、練習航空隊に教官として来ていたので、事変勃発とともにすぐに空技廠《しよう》を経て横須賀海軍航空隊に異動となり、陸攻隊の指揮官となった。

練習航空隊とは近かったが、逆にいつでも顔を出せると思っている間に部隊の錬成で、それどころではなくなっていた。だから、小柳首席教官が現役復帰したことは耳にしていたが、それ以上のことはわからなかったのだ。

「それで、その時に熊谷隊長は戦闘機無用論について議論したとか」

最初はなんの話かと思ったが、熊谷が教官として招かれるきっかけとなった、伝説の授業のことだった。

「自分は、直接は議論に関わっておりません。技術的な質問に答えただけです」

「そうだとして、熊谷隊長はその議論を、どうお考えです？」

それは、ある意味でぶしつけな質問であった。そもそも出撃中の機内でする話題かどうか。

しかし、その人物がこの爆撃機の設計者ともなれば話は違う。この技師は、この飛行機の改良に命を張っているのだ。ならばこちらも逃げは通用しない。

「現状では、中国軍機の性能次第ではないかと思う。こちらの七・七ミリ機銃が四丁に二〇ミリ機銃が一丁という数字は、非力とは言えないと思う。

ただ、台湾に移動してからの模擬戦では一〇式単座戦闘機はかなりの苦戦をみた。九式ではそうでもなかったが」

「その理由は？」

「速度の差だな。速度の差があれば、攻撃側は戦術的な選択肢が増える」

「速度ですか」

「やはり爆撃機ながら、最高で時速四〇〇キロを出せる点は大きい。九式のほうが優速とはいえ、余裕は少ない。一〇式は一〇〇キロ以上も優速だ」

「なるほど。ほかは？」

「模擬戦なので、正直、わからない点はある。操縦員の席には部分的に装甲板が施されているが、理屈通りに機能するかどうかはわからん。

防弾燃料タンクにしても、試験はともかく実戦ではどうなのか。まぁ、試験は問題ないが、それはそれで問題だ」

操縦席の装甲板や防弾燃料タンクの問題は、練習航空隊の授業でも議論の的となった問題だ。

それは戦闘機無用論の議論の中で派生して出てきた問題であった。つまり、議論の前提となる「飛行機の撃たれ強さ」とは何かという話だ。

防御火器の問題も出てきたが、議論の中心は機体そのものの抗堪性《こうたんせい》だった。つまり、「被弾」して「墜落」するというのでは、あまりにも議論が雑であり、「被弾」

から「墜落」までの間に、どれだけの回避策を織り込むかという議論になった。それは言い換えるなら、「被弾したらなぜ飛行機は墜落するのか」という疑問への解析とも言えた。

じっさい議論ができたのは、五〇人の中の二〇人ほどであった。問題を要素に分析するという思考ができる生徒と苦手な生徒に分かれたからだ。

操縦員を守る装甲板や防弾燃料タンクは、そうした議論から出てきた。操縦員が射殺されれば、飛行機は墜落する。燃料が引火すれば、飛行機は火災で墜落する。

一方、通信員が射殺され、無線機が破壊されても飛行機は飛び続ける。リスクの分析には、そうした非情な選り分けを行う一面があった。

こうした議論はまとめられ、航空機関連企業にも配布された。一〇試双爆の開発にも、その報告書は織り込まれていると熊谷も聞いていた。また竹上主任技師などから、開発に関する情報も入ってきていた。

そうした中には、日本の航空機技術について考えさせられるものもあった。防弾タンクなどもそうだ。

最初の構想は燃料タンクの内側にゴムを張り、被弾しても燃料を漏出させないようにするというものだった。これは容積的に不利にはなるが、実装が容易で、損傷時の交換も容易《たやす》いと考えられた。

じつは練習航空隊での議論と研究が行われるまでは、翼の構造をそのまま燃料槽とするインテグラルタンクも検討されていたが、抗堪性の問題から却下された経緯があった。

特にこれは陸軍サイドからの反発が強く、海軍ほど航続力を要求しない陸軍としては、地上火器などからの損傷に耐えられることが、より強く要求された。

こうして防弾タンクが研究されたが、日本の化学工業の技術水準では、これはなかなかの難問だった。最終的に適当な合成ゴムをアメリカからダミー会社を介して輸入し、初期ロット分は確保できていた。

だから熊谷の言うように、防弾タンクが有効だった場合、それはアメリカ製の合成ゴムのおかげということになり、それを国産で賄えないのは問題なのである。

現状では妥協策として、燃料に触れないように燃料タンクの外をゴムで覆うことで対処されていた。安全だが、燃料タンクの容積はやや減少した。もっとも、それで陸海軍ともに作戦に大きな支障はきたさなかったが。

九六式陸攻は統制型液冷一〇〇〇馬力エンジンを搭載していた。空冷星形エンジンを開発しているメーカーはもちろん存在しているし、それは続けられていたが、量産の主流は液冷であった。

技術的に液冷エンジンのほうがハードルが高い部分が多いのではあるが、量産することで航空機産業の末端からの技術の底上げを図るという意図があるためだ。

また一〇〇〇馬力クラスのエンジンは、将来的な出力増大を勘案し、陸海軍の多種多様な用途に転用できると考えられていた。

これはひとり航空機だけでなく、海軍や陸軍の工兵隊などでは高速小艦艇の発動機への応用も検討されていた。それは練習航空隊が想定していたものとは違っていたが、工業基盤の底上げが、そうしたことを可能としたと解釈されていた。

上海に接近するにつれ、眼下の海上には小船舶がいくつも見えてきた。しかし、風は穏やかでも雲量は多く、この双発機群が日本軍機と思う者はいないらしい。

台湾から爆撃機が飛んでくるとは誰も考えない。まして数時間前まで台風だったのだ。だから消去法で、それは中国軍の飛行機と判断された。日本軍を監視しているであろう地元の人間も、飛行機の出撃を目撃していないのだから、なおさらだ。

攻撃目標は上海を守る中国軍の飛行場であった。上空からは地上に多数の戦闘機が並んでいるのが見えた。それらはカーチスの戦闘機で、米軍が採用したタイプとはやや異なり、固定脚の輸出仕様機であった。

ようやく日本軍機と気がつき、対空砲火が砲撃を開始した時、熊谷隊長の命令で爆弾が投下される。

水平爆撃を効果的に行うための編隊はどうあるべきか。訓練や演習で一応の結論は出ていたが、いまそれがここで試される。

二七機の陸攻はW字を描くように滑走路上空を通過する。そうして小型爆弾をばらまいていく。

基本的に飛行機も対艦兵器である海軍の戦技には、こうした爆撃法はなかった。小型爆弾を領域にばらまくというのは陸軍式のやり方であるが、練習航空隊の誕生でそうした戦術的な選択肢は広がっている。いまや陸軍航空隊も、必要なら近海に雷撃を仕掛けられるのだ。

滑走路では機体を離陸させようとする将兵の姿が見えたが、すべてが遅かった。爆弾は地上にある中国軍の戦闘機隊を次々と破壊して行く。

こうした形での空襲を予想していなかったためだろう。飛行場には掩体《えんたい》もなく、高射砲にしても数は少ない。

九六式陸攻の渡洋爆撃の初陣は、台風直後というタイミングが幸いして見事に成功した。

熊谷隊長にとっては満足のいく結果であった。ただ、竹上主任技師の表情は微妙である。

「どうしました？」

「いえ、戦闘機相手にどこまで戦えるか、それを知りたかったんですが……いや、贅沢な悩みですよ」

2

台湾からの渡洋爆撃は、初陣と次の二回は中国軍の迎撃戦闘機もなく、ほぼ無傷で全機が帰還できた。そして、陸攻隊の数も三六機を数えるようになった。

すでに多忙な竹上主任技師は帰国していた。熊谷とともに三回の出撃に同乗した覚悟は本物であったが、皮肉にも戦闘機は一度も迎撃に現れない。初陣で大打撃を被《こうむ》ったのは事実であり、そのためかと熊谷は考えていた。

そして四回目の出撃が始まる。地上の陸軍部隊を支援するための空爆であるので、上海そのものではなく周辺の軍事拠点が多い。特に飛行場はまめに爆撃する。

熊谷隊長は、この四回目の出撃には懸念を抱いていた。それは部隊の戦意の弛《し》緩《かん》だ。

最初こそ決死の覚悟であったが、三回とも迎撃機が現れない中では極端な話、ピクニック気分での出撃となった。

気を引き締めるように言ってはいるが、陸攻の搭乗員の多くが戦闘機無用論者であることも、災いしていた。

ならば、敵機に遭遇して痛い目に遭えばいいとまでは思わない。なぜなら、この三六機の搭乗員は貴重な熟練者だ。未来の教官であり、部隊指揮官だ。いま失えば、その損失はあまりにも大きい。

そして、ピクニック気分は終わりを告げる。

「前方より戦闘機多数！　接近中！」

無線電話により全機に報告が届く。

複葉機の戦闘機が二〇機近く接近してくる。

「いよいよか！」

爆撃機と戦闘機が矛《ほこ》を交えればどうなるか？

その疑問への回答が、いま実戦の場で確認されようとしていた。

その戦闘機はソ連から急遽、輸入された軽戦闘機であった。それらが果敢に攻撃を仕掛けて来る。

熊谷隊長は、ここであえて散開は命じずに、密集して防御火器を集中させることに専念した。

これは効果があったようで、戦闘機は容易に接近できない。また軽戦闘機の火力は機銃二丁で、なかなか致命傷を与えられない。

それでも戦闘機は果敢に攻撃を仕掛けてくる。何発かは機体を銃弾が貫通し、弾くような音がした。それは操縦員を守る装甲板に銃弾が当たった音だった。

熊谷隊長も、装甲板がさっそく効果を現したことに驚いたが、驚いてばかりもいられない。機関員が負傷したからだ。

熊谷隊長は爆弾を捨てて帰還することを命じた。捨てたといっても眼下はほぼ目的地であり、精密な照準ができないだけだ。

むしろ、ここは仕切り直しをしたほうが得策だろう。エンジンから黒煙をあげている機体も何機かあったが、ともかく飛び続けている。

そして、身軽になり最大速力で去って行く陸攻隊に、軽戦闘機は追いつけない。速力は陸攻のほうがやや速い。

だが、エンジン被弾で速力を出せない陸攻のうち、二機が追いつかれ、ついには撃墜される。陸攻の乗員は七名、これだけで一四名を失ったことになる。それこそがなによりの打撃だ。

「三六機中、三四機は生還か」

それは高い生還率であったが、熊谷隊長としては、決して喜べるものではなかった。

3

「戦闘機無用論は時期尚早であったようです」

戦闘機と陸攻隊が戦ったとの一報を受け、竹上主任技師は、飛行機で台湾まで文字通り飛んで来た。到着は夜間であったが、彼はホテルよりも先に熊谷のもとに自動車で向かった。

格納庫では損傷した九六式陸攻を整備員たちが修理していたが、何機かは大規模な修理が必要で、破棄するしかない機体もあった。

竹上主任技師はそうした機体を観察しながら、熊谷に先のような言葉を述べた。

「ですが、一〇式双爆の抗堪性の高さは証明できたと私は思いますね」

熊谷もまた率直に述べる。

「私の搭乗機は、装甲板のおかげで搭乗員は死なずにすんだ。あの装甲板がなければ、私は機体もろとも死んでいます。

燃料タンクを撃ち抜かれた機体も複数ありましたが、火災は起きていません。ただエンジン火災で、帰還したもののエンジンは使用不能の機体が二機ありました。エンジン消火のための工夫が必要かもしれません」

「それでも二機を失った……」

「戦闘で撃墜されない軍用機などありません。我々は神じゃない。死んだ搭乗員はかけがえのない人間たちでしたが、一四名も、というより私は、あえて一四名ですんだと言いたい。非情かもしれませんが」

「隊長は指揮官ですから」

指揮官が冷酷なのではなく、指揮官だから冷酷になることを強《し》いられる、竹上はそう言っているのだ。

「調べたところ、戦闘機はソ連のポリカルポフＩ15であるようです。戦闘機としての性能は高くはない。じっさい帰路の陸攻には追いつけなかった。

そのレベルの戦闘機に対して設計側の人間としては、まだまだ防御が甘いと言わざるを得ません」

熊谷は不思議な気になった。

本来なら、自分は竹上を糾弾すべき立場ではないか。しかし、それが筋違いであることは、自分が一番理解している。

「それでも相手によっては、速度で戦闘機に双爆が勝てる。防御の要《かなめ》は速度ですか。防御火器はどうです？」

「難しいところです。増強できるなら増強したいところですが、私自身は懐疑的です」

「というと？」

「実戦で感じましたが、護衛戦闘機さえ伴っていれば、防御火器は現状でも大きな問題はないと思います。

本当に要塞のような爆撃機にしてしまったら、爆弾も載せられず、重くて離陸もかないますまい。改良ということならば、防御火器の改良は重要ですが、むしろ速力で勝つほうが確実でしょう」

「あるいは高度か……」

「高度？」

「単座戦闘機が飛べないような高高度を飛行する爆撃機ならば、迎撃は容易ではないわけです。そう、高度一万メートルを飛行するような爆撃機なら、迎撃の心配は少ない」

「高度一万ですか。高角砲の有効高度は最大射程の六割と言われているから、高度一万六〇〇〇以上の射程まで砲弾を送れるような高角砲でない限り、地上の対空火器からも安全か。

しかし、そんな戦闘機など可能ですか。まず呼吸ができないと思うが」

「技術的には容易ではありません。高高度で稼働する過給器の技術や与圧区画の設計などが必要になります。ですが、やるべきことは見えています」

熊谷と竹上は、そうしてしばらく高高度戦闘機について語り合う。そして再び現実に戻る。

「現実的な解決策は、飛行場を前進させ、一〇式単座戦闘機で護衛を可能にすることでしょう。技術面では、長距離戦闘機の開発になろうかと思います。短期的には前者、長期的には後者での対応でしょうか」

「なすべきことは多いな」

「航空自立のためには必要なことです」

4

竹上主任技師の仕事は、エンジン開発とそれを用いた航空機開発に参加することが主なものだったが、それに伴うもう一つの重要な仕事があった。

それは若手の育成だった。ともかく竹上主任技師自身が多忙であり、右腕となる人材を育てなければ仕事がまわらないのである。

すでに右腕となる技術者はいたが、統制型一〇〇〇馬力エンジンが複数のプロジェクトで採用されると、右腕は一人では足りなくなる。

だから若手を育成する必要がある。そんな技術者の一人に前川がいた。機体設計の技術者であったが、発動機にも関わっていた。航空機について、ひと通りのことを学ぶためである。

台湾から帰国した時、竹上主任技師は前川を見て、あることが閃《ひらめ》いた。上からも前川を中心に、何か研究させるべきではないかという意見が以前より出ていたためだ。

「長距離戦闘機ですか」

前川技師は自分が主務者として、そんな機体の開発を任されるとは思ってもいないようだった。

決定は竹上に委《ゆだ》ねられていたが、正直、前川に任すのはまだ早いのではという意見もあった。それでも竹上が前川に大任を委ねる気になったのは、それは遅かれ早かれ必要であったのと、日華事変が長期化した場合、長距離戦闘機は予想以上に早急に必要となる可能性がある。

いまのところ陸海軍からそうした要望は出ていないが、将来はわからない。しかし、熊谷からあのような話を聞いた感触では、それは意外に近いだろう。

ならば、いまから研究に着手する必要がある。とは言え、現状では統制型一〇〇〇馬力エンジンの成功もあって、多種多様な航空機の開発が進められている。

人材は「いま」必要な飛行機の開発にかかり切りで、竹上主任技師のように複数の開発プロジェクトに関わっている者も一人や二人ではない。

そうであれば、前川たちのような若手に一つのプロジェクトを委ね、経験を積ませる必要がある。長距離戦闘機が成功してもしなくても、その経験は無駄にはならない。

失敗を恐れずに新機軸を大胆に導入してくれるなら、既存機の改良や発展にも寄

だろう。

「やはり既存の戦闘機との互換性も重視するのですか」

前川技師の質問は、正直、竹上もあまり考えていなかった。しかし、発動機は統制型になるだろうから、必然的にコンポーネントの多くは既存機のそれを踏襲するだろう。

「互換性は最大限に検討してくれ」

それは竹上主任技師からの遠回しのサゼッションだった。互換性を最大限にとなれば、一〇式戦闘機の改良となる。つまり、その枠内での長距離化であるから、極端な新機軸はないとしても、大失敗の可能性も低い。

そのあたりの塩加減は竹上としても難しい。あまり保守的では、失敗はないが新機軸もない。逆にフリーハンド過ぎれば、新機軸は大きいが大失敗のリスクもある。

そして、竹上は安全なほうを選んだ。機体の失敗は軍から委託された開発ではないので、会社にとっては、それほど大きな損失にはならない。

しかし、若手に失敗を経験させるのはあまり望ましくない。小さくても成功体験が重要だ。竹上の「互換性優先」にはそうした意図があった。

「わかりました」

竹上主任技師はこの時点で、まだ前川という技術者の力量を軽く考えていた。

「これが……長距離戦闘機⁉」

数日後、竹上主任技師は前川から長距離戦闘機の模型を見せられた。竹ひごと和紙で組み立てた機体で、ゴム動力で飛ぶという。こういう模型造りから、前川の実機への憧れが培われたという。

しかし、数日で模型を作る腕もさることながら、竹上主任技師はその模型の形状に度肝を抜かれた。

「互換性と新機軸の二つを実現したつもりです」

「そっ、そうかもしれないが……」

模型の形状は、竹上が予想もしない形状だった。それは胴体二つを主翼で連結し、主翼の連結部に操縦席を収めた短い胴体があるという形状であったためだ。

なるほど既存機を連結するなら、これに勝る互換性はないだろう。なにしろ同じ機体なのだ。

「どこからこんな形状が生まれたのだ?」

それは竹上主任技師の本心だった。

まともなというべきか、保守的なというべきか、ともかく普通はこんな形状は考えない。双発なら、普通は左右両翼にエンジンを搭載することを考えよう。

「ひとつには燃料タンクの増強です。燃料タンクが大きいので、航続力は確保できますし、双胴には操縦席部分がありませんので、燃料タンクの配置は自由度が高い。そのため燃料を消費しても、重心位置の変動は最小限度に抑えられるため、飛行性能への影響も最少に抑えられます」

「なるほど」

どうやら前川は、洒落や冗談でこうした形状にしたわけではなく、理詰めの結果として導き出したらしい。その発想法は、竹上主任技師にとって興味深いものであった。

「ほかの利点は?」

「あります。むしろ燃料タンクは余禄みたいものです」

「というと?」

「この形状では、機体の表面積はどうしても大きくなります。ですから馬力を向上させる必要があります」

「過給器の導入か」

「それもちろんですが、もう一つは発動機の冷却です。機体の表面積の増大に合わせて、それを冷却機構に組み込めば高速が狙えます」

「そういうことか！」

竹上主任技師はエンジンの専門家だけに、前川の考えに瞠目《どうもく》する思いだった。まぁ、エンジンの冷却のために双胴にする奴はいないだろうが、理屈としては成り立つ。

「あと、この操縦席はプロペラの干渉がないので、重火器を集中させられます。陸攻の二〇ミリ機銃を四丁とか七・七ミリ機銃を八丁などが考えられます」

「二〇ミリ機銃を四丁だと！」

通常の戦闘機より倍のエンジンだからこその芸当だが、前川の双胴機は長距離戦闘機というよりも重戦闘機ではないか。

「爆装は可能なのか」

「爆装……は考えていませんでした。ですが、やればできると思います」

「エンジン馬力だけでいえば陸攻と同じだ。戦闘機で雷撃は無理としても、急降下爆撃が可能なら戦術的可能性は大きい。

例えば空母艦載機にするなら、これだけを艦載機にすれば、制空戦闘も艦隊防御も攻撃もすべて可能となる。

まぁ、こんな大型機が空母から発艦できるかどうかは別としてな。戦闘も攻撃もできるなら、応用は無限だ。せっかくだ。ちょっとこの模型を飛ばしてみてくれ」

前川は自分で作り上げた双胴機の模型を手に取ると、順番にゴムを巻き、胴体の留め金を解除して、両方同時にプロペラを回転させる。

軽い機体にプロペラが二基のその模型は、急角度で上昇して行った。

5

昭和一三年一月。当初は短期間で終わると思われた日華事変は、年を越しても戦域を拡大しつつ続いていた。

そうしている中、日本陸海軍は事変の最終的な決着をつけるべく準備を整えていた。

その貨物船は青島《チンタオ》の沖合で次々と小型艇を降ろしていた。小型艇に乗るのは陸軍将兵だが、周囲には海軍の駆逐艦が警護についていた。

「無線の準備はいいか?」

「小隊長殿、無線機の準備が整いました」

「よろしい」

小隊長の若い少尉は、これが初陣ではなかったものの敵前上陸は初めてだった。

彼の小型艇は小隊本部であり、分隊を乗せた同様の船が中隊分ある。

「小隊長殿、中隊長より出動命令です！」

「よし。小隊、前進だ！」

小型艇はエンジンを始動し、轟音《ごうおん》とともに飛ぶように前進する。中隊すべての小型艇が、横一列で海上を滑るように前進する。

それは航空機用の七〇〇馬力水冷エンジンを搭載したプロペラ艇であった。上陸予定地である青島の河川に突入し、敵軍の側背《そくはい》を襲撃するのだ。

通常の船舶では河川への侵入は難しいが、プロペラ艇なら喫水も浅く、河川への奇襲が可能だ。

側面には小銃弾には耐えられる程度の傾斜した装甲板――これは被弾経始《けいし》のためではなく、重心の上昇を抑えるため――が乗員を守る。

装甲板には銃眼も開けられていたが、先頭には機銃装備の回転砲塔があった。

青島の中国軍も、日本軍の舟艇《しゅうてい》の動きは把握していたようだったが、これほどの高速で接近してくるとはまったく予想していなかった。

青島の守備の要は高台にある砲台であったが、逆に海岸付近の防備は手薄であった。

プロペラで前進する高速艇は、高台の砲台からは射撃の難しい標的だった。そもそも軍艦を想定しての砲台であるから、高速艇のような小さなものには照準がつかない。

しかも高速だから、照準値は次々と変更を余儀なくされて定まらない。むろん勘で射撃して当たるものでもない。

むしろ、貨物船や駆逐艦を砲撃するべきであった。しかし、現実に高速艇が次々と接近してくるとなれば、その判断には迷いが出る。

その迷いが事態を悪化させていた。砲台は迷っている間、砲撃ができなかったからだ。そして、中途半端な砲撃を仕掛けた頃には、高速艇は青島に到達していた。

高速艇の一部はクリークをそのまま遡上《そじょう》して市内に接近する。さすがに抵抗はあったが、銃弾は装甲板が弾き、機関銃塔が効果的な反撃を与えていた。

中国軍に対戦車砲かなにかあれば、薄い装甲の高速艇など簡単に撃破できただろう。だが、そうした重火器はなかった。あったとしても、この状況で適切な位置まで運ぶのは容易ではない。

第一陣の中隊は、一個小隊がクリークから青島市内に進出し、中隊の主力はそのまま海岸から前進した。

現地の中国軍は、日本軍が海岸に現れたという報告と同時に、市内にも進出しているという報告から混乱に陥っていた。

さらにクリークのプロペラ艇を除いて、海岸のそれは兵員のピストン輸送を行ったので、日本軍は次々と上陸していった。

連隊主力が上陸した時には、第一陣の中隊はクリークづたいに前進していた小隊との合流に成功し、中国軍の守備隊を追い払った。

追い払うことが重要なのは、戦争ではない地域紛争で、捕虜が生じた場合にその扱いに困るからだ。

日本は『俘虜《ふりょ》の待遇に関する条約』に署名したが、批准《ひじゅん》には至っていなかった。だからといって、好き勝手できるわけもなく、またあえて条約を無視しようとも思っていなかった。それを義務化されて、手を縛られるのを嫌っただけだ。

ただそれとて戦争での捕虜であり、武力紛争の捕虜の扱いに適用されるわけではない。

武装解除して釈放するのが常識的なところだが、それも捕虜をとる側には負担である。それなら、逃げてくれたほうが都合がいい。軍隊の衝突でも、事件や事変は国際法上の制約が多いのだ。

港を日本軍が占領し、八九式戦車が上陸するに至って戦況は決定的となった。あえて戦車と戦おうとする中国兵はいなかった。

青島市内の戦闘はすぐに鎮静化し、市内はほぼ無血占領という形で日本軍の管理下に入った。

青島が占領されると、すぐに青島海軍基地設定隊が上陸して進出する。これは独立工兵第六連隊を基幹とする部隊であった。

周辺を歩兵一個小隊が警戒にあたり、その中で基地設定隊の工兵たちが作業にあたる。

都市に近く平坦な土地であるので、工事は比較的楽だった。占領地である青島からは人夫も調達できた。金はかかるが、労働集約型の作業をさせるなら、これは一番手っ取り早い。日清・日露の戦争でもやったことだ。

設定隊の隊長は工事の進展具合に神経をすり減らしていたが、そうした中で朗報もあった。青島市内でアメリカから輸入したキャタピラー社のトラクターを入手できたのだ。軍票で決済して、さっそく持ち込んだ。

ただ操縦経験のある人間がいないので、それもまた青島の住民から傭人を確保しなければならなかった。

雇ったのは、革命で逃れてきて青島に住みついたという白系ロシア人であった。こいつは何をどう解釈しているのか、「日本がソ連と戦うため」に進駐したと信じており、それゆえに協力的だった。

それは大いなる誤解であったが、設定隊長としては一生懸命働いてくれるなら、その誤解を解く必要はない。

こうして滑走路が完成したのは、作戦当日の数時間前だった。

徹夜で最後の準備を行う。設定隊長が用意したのは、滑走路だけではない。倉庫の類《たぐい》も用意し、ドラム缶を積んだトラックも待機している。

主計長の提案で汁粉も用意した。食事の暇もないからだ。すべては時計のような正確さで行われる。

やがて電話が入る。暗号ではないが、ほぼ暗号のようなものだ。受話器を置いた設定隊長は、すぐに幹部に伝達する。

「予定通り奉天から、いま出撃した」

奉天と青島までの距離は約七〇〇キロ。経済速力で飛行したとして、二時間半前後で到着となる。それは計画通りの時間であった。

そして時間が来た。

「来ました！　友軍機です！」

6

一五機の一〇式単座戦闘機による陸軍の戦闘機隊は青島を出撃後、洋上を飛行していた。一五機とは中隊長編隊の三機に、中隊の一二機という編制である。

洋上を飛行しているのは、現地の人間に作戦意図を気取られないためと、台湾からの陸攻隊二七機と合流するためだ。向かうのは中国の首都である南京だ。

台湾の高雄から南京までは直線で一〇六〇キロ。陸攻なら往復できるが、戦闘機では無理だ。しかし、先の渡洋爆撃で戦闘機なしの陸攻が危険であることが明らかになった。

長距離戦闘機がないという中で現実的な策は、攻撃目標により近い土地に中継となる飛行場を設定することだ。それがこの青島攻略作戦の主目的だった。

青島から南京まで、直線で約四七〇キロ。一〇式単座戦闘機が空戦をして往復することは余裕で可能な距離だ。

陸攻隊の指揮官は熊谷中佐だった。彼は増員した通信員に戦闘機隊との連絡を担当させた。

「練習航空隊の成果だな」

陸軍航空機隊の戦闘機は洋上航法を過つことなく洋上を航行し、陸攻隊と合流する。

戦闘機隊が陸攻隊の前方上空、高度五〇〇メートルほどの位置に占位している。陸攻二七機は、そのまま洋上から南京へと針路を変えた。

陸上に入ると、すぐに連絡がいったのか、中国軍の戦闘機隊が迎撃に現れた。その数は二〇機ほどで、すべてソ連の軽戦闘機だった。

日中の戦闘機隊は真正面から衝突する形に見えたが、一〇式単座戦闘機はすぐに垂直に旋回し、軽戦闘機の後方に張りついた。

複葉機であるから、小回りの点では軽戦闘機に分があった。しかし速力が違った。軽戦闘機は一〇式単座戦闘機に追いつくことができないが、一〇式単座戦闘機は軽戦闘機に食らいつき、機銃四丁の銃弾を浴びせた。

機敏な軽戦闘機は急降下で難を逃れようとするも、急降下でも統制型一〇〇〇馬力エンジンは安定した出力で機体を引っ張って行く。急降下で逃げ切ることはできない。

そして、急上昇では馬力の差がものを言った。軽戦闘機は小回りを活かして日本軍機の照準を定めさせないようにするものの、できるのはそこまでで、速力の差は小回りでは誤魔化しきれない。

こうして軽戦闘機は陸攻隊に一指も触れられないままに、全滅させられてしまう。対する一〇式単座戦闘機の損失はゼロだった。

南京への爆撃は連日のように続いた。陸海軍の一〇式単座戦闘機の働きは、制空権を常に日本軍に与えてきた。

中国軍も当初は、緊急に戦闘機を輸入するなどして首都防衛にあたったが、少なくない損失に迎撃戦闘そのものを控えるようになっていた。

これには戦闘機の喪失だけでは語られない複雑な背景があった。

まず、諸外国が中国に売却した戦闘機は、必ずしも自国軍の制式機と同じではなかった。輸出仕様機で、火力を落としていたり、引込脚が固定脚だったりと、性能は万全ではなかった。

むろん、それで極端に性能が下がるわけではないが、少なくとも制式機より勝ってはいない。そしてそれは、売却側はそれほど意識していなかったが、中国軍側も理解していた。

理解していたが戦闘機の国産はできない以上、輸入機に頼るしかない。性能が二線級だったとしても、ないよりましだ。

しかし、ソ連の軽戦闘機をはじめ列強の戦闘機は、ことごとく一〇式単座戦闘機に撃墜された。この事実を戦闘機の売却側は中国人パイロットの技量のためと言い、中国側は列強が二線級の機体しか渡さないからだとなった。

両者の対立は感情的なものとなったが、ともに日本軍が欧米列強より高性能機を開発できるはずがないという点だけは一致していた。だから問題はいっこうに解決しない。

さらに中国側の事情としては、諸外国から集めたために整備その他の作業が著《いちじる》しく煩雑になり、稼働率が急降下した。

工具でさえインチ規格とセンチ規格が混在する有様で、航空機用燃料の規格やエンジンオイルの種類まで指定されると、どうにもならない。

だから戦闘機による迎撃の減少は、戦力温存が目的というよりも、むしろ稼働率低下による結果であった。

そうした中で、南京は日本軍に占領される。多くの日本人は、首都を占領すれば日華事変は終わると考えた。しかし、終わらなかった。

昭和一三年七月に首都を内陸の重慶に移動し、中国政府は徹底抗戦を宣言する。日本陸軍も重慶占領は容易ではなく、可能なのは爆撃だけだった。それとて南京から重慶までは一二〇〇キロほどあり、兵站《へいたん》補給の態勢をしっかりしないと、南京からの爆撃さえも容易ではなかった。

そうした状況の中で、練習航空隊も変わっていった。

「そうなると練習航空隊は練習生、生徒、学生の三本柱になるわけか」

三木校長は大本営からの要望書に目を通す。大本営令を軍令で改変するという強引な方法で、大本営は戦時でなくても事変でも設置することができた。

その結果、戦争指導のための軍令機関となった陸海軍中枢と、いまだに文部省の学校となっている練習航空隊の関係は微妙なものとなっていた。

大本営直轄にするなどの意見もあるようだが、とりあえずいまも文部省の学校であり、降りてくるのは要望であり、命令ではない。

ただ遠からず、それは命令となるだろう。そんな予感が三木校長にはあった。

練習航空隊二代目校長は、先の副校長の三木であった。暗黙の了解で校長は陸海軍交替となっていた。

初代井上校長時代は、組織をゼロから立ち上げるという難題を解決する日々だったが、二代目校長は楽かと思えば、そうは問屋がおろさなかった。

日華事変の長期化が、練習航空隊に少なくない負担を強いることになったのだ。いままでは幹部搭乗主義で、陸海軍将校となるべき人材を育成していた。だから陸軍士官学校や海軍兵学校に準じた軍人教育もなされていた。

しかし、日華事変による航空搭乗員の需要拡大と、国際関係の悪化から英米ソなどとの開戦の可能性も囁《ささや》かれ始めていた。

だから、昭和一二年には定員を倍加するという措置がとられた。だが日華事変が年を越し、渡洋爆撃なども行われる状況から、下級将校が担っていた役割を下士官以下に委ねなければならなくなってきた。

そこで昭和一三年度より、下級指揮官となるべき下士官を養成するため、従来の生徒・学生のほかに練習生というカリキュラムが必要となった。

さすがに横須賀だけでは手狭になり、千葉に練習生専門の練習航空隊千葉分校を創設することとなった。電車や自動車の移動は大変だが、海を使えば対岸である。

「横須賀から千葉か。船の手配はできてるんだな」

三木校長は副校長に確認する。

「高速艇が生徒や教官の移動用に準備されています。乗ってみましたが豪快なものです」

「もとが飛行機だからな」

彼らの言う高速艇は、青島攻略で使われたプロペラ艇を改良したものだ。航空機用の一〇〇〇馬力エンジン二機を搭載し、船体を大型化して凌波性《りょうはせい》を向上させている。

こういう船を千葉と横須賀を結ぶ交通船に使うのも、少しでも航空機的なものに触れるためだ。

「問題は一二試単座戦闘機か。期日までにまとまるのか……」

「期日は動かせません。部隊は新型機を待っています」

「一〇式だって、いい戦闘機だろう」

「そうですが、人間の欲には際限がありませんし、海軍案の仕様通りの戦闘機なら陸軍も文句はないので」

「いずれにせよ、間が悪すぎたな」

練習航空隊発足時に、陸海軍の研究機関を練習航空隊に統合して航空戦力の技術水準を上げようという構想は、すでにあった。その運動はメーカーも巻き込み、順次動き出していたが、日華事変とかち合ってしまった。

陸海軍の航空本部などが提案した次期軍用機案を練習航空隊が精査し、具体化し、試作機製造を命令し、制式化後に定数を陸海軍が発注する。

予算申請のためと、軍令機関との意思疎通のため航空本部は陸海軍にあり、練習航空隊との意思疎通はまめに行われ――なにしろ航空本部の中堅幹部はすでに練習航空隊の卒業生だ――ていた。

この点ではいまだ中途半端であり、航空本部も陸海軍共通としたいところだが、まだそこまで話は進んでおらず、さらに日華事変のため先の展開も不透明となっていた。

そんな時に新型戦闘機の起案が上がってきた。一〇試が制式化されたばかりで一二試というのは早すぎる気もするが、一〇試は九試の改造と考えれば、新型機は前回から三年ごとになり、更新時期としては妥当である。

ただ問題は、日華事変が進行しているという条件での新型機開発の難しさにあった。

新型機は平時よりも短期間で完成させねばならない。そうなると、九試から一〇試のように既存機の性能向上で対応するか、まったく新規で開発するかの選択を迫られる。

前者は開発期間で有利であり、失敗のリスクも少ない。事実上の戦時下という状況では、この二点は無視できない。

一方で、既存機の改良では予想できる性能向上に限界があるため、一二試の開発が終わっても、すぐに一三試、一四試と改良が続くかもしれない。

新たな機体を開発するとなれば、ロールアウトまでには相応の開発期間も必要だ。

さらに、入口論として戦闘機の要求仕様の問題がある。速度、火力、航続力、運動性能、それをどうするかの問題だ。

この中で運動性能については、九試あたりから翼面荷重の大きな戦闘機の戦い方が陸海軍ともに浸透しつつある。それは速度性能の向上を要求することとほぼ同一だった。

火力の増強は陸海軍の協力で、長砲身二〇ミリ機銃の実用化に成功し、飛行試験も終わっていた。一部の一〇式単座戦闘機には試験的に搭載されて絶賛されていた。新型機はこれを搭載する。

問題は航続力だった。航続力は燃料搭載量と同義語であり、機体の大きさとも関係する。つまり重量は重くなり、運動性能や速度を犠牲にする必要がある。

大半の意見は、航続力の増強を重視していなかった。それよりも速度と火力を要求していた。

陸軍航空隊は「土地を歩兵が占領する」という戦い方であり、航続力を必要とする局面が少ない。

海軍航空隊も、艦隊は「空母で移動するから航続力は現状で十分」という立場であったし、基地航空隊も、艦隊決戦では制空権は空母の戦闘機で確保できるとの立場だった。

ただ陸海軍の爆撃隊からは、重慶まで護衛できる戦闘機の必要性が訴えられた。つまり、戦闘機隊ではなく爆撃隊からの要望である。

妥協策で陸海軍の重爆や陸攻の固有火器を重武装化した機体も作られたが、速度の低下が著しく、実用的とは判断されなかった。重武装機は確かに敵戦闘機に対して善戦し、撃墜機も出したが、本来の目的である僚機の護衛についてはほとんど役に立たなかった。

したがって、護衛は戦闘機で行うしかない。だがどうするか？

「戦闘機のことは戦闘機隊で決める、とはいかんな」

三木校長にも、それはわかっていた。むろん規則の上では、そういう解決でも問題はない。戦闘機を使うのは戦闘機隊であるのだから、戦闘機隊だけで決めても制度上は問題ない。

しかし、今後の陸海軍の航空兵力のことを考えたなら、そうした縦割りめいたやり方は将来的に禍根《かこん》を残そう。そうでなくても、航空兵力に関して陸海軍の垣根をようやく取りのぞけているのだ。

過日の青島攻略と南京爆撃の連携など、練習航空隊に始まる陸海軍の交流がなかったら実現しなかったに違いない。あれは、まだ始まりに過ぎない。これから陸海軍連携でできることはいくつもあるはずだ。

だからこそ、どんな形であれ、垣根を作るような真似は避けたい。

三木が頭を痛めている頃、懇意にしている竹上主任技師が前川とかいう若い技師を伴って現れた。

「短期間で実用化可能な長距離戦闘機案があるのですが……」

第四章　毒蛇戦闘機

1

練習航空隊の三木校長が頭を悩ます一二試単座戦闘機の問題は、竹上主任技師と前川技師の登場で、ほぼ解決した。

のちに海軍では零戦、陸軍では隼と呼ばれることになるこの一二試単座戦闘機は、一〇式戦闘機――ちなみに陸海軍で航空機の命名方式は日華事変以降に変わり、陸海軍で別々の基準となる。主として会計上の都合で、他の兵器類との整合性などの問題である――の性能強化版となる。

ただ、これは九試が一〇試となったよりも大きなもので、外見こそ似ているように見えるが、エンジン馬力の向上で最高時速は六〇〇キロを射程内に捉え、火力も二〇ミリ機銃四丁という重武装となる。

さらに目立たないが重要なのは、照準器の改良だった。光像式照準器であるのは同じだが、一撃離脱の高速運動であることを加味し、ジャイロを内蔵し、機体の加速度から弾道のずれを補正する機能がついていた。

あくまでも感知した加速度に対する補正であり、方向舵や昇降舵の動きまでは考慮されていない。

そのため運動のやり方によっては、照準補正が働かない場合もあったが、全般的に命中率は向上していた。

これは単なる命中率向上を図っただけではなかった。日華事変により航空機搭乗員の損失が増えていたためだ。優秀な軍用機で戦ったとしても、撃墜機は出る。練習航空隊にしても学生の一期生は五〇名であり、そんなものは大海の一滴だ。

だから、練習航空隊の定員はすぐに拡大され、同時に卒業年数は短縮された。陸海軍はそれほど人材を求めていた。

そうなると、いままでのような名人を前提とした戦い方も変えねばならない。一期生は「教える側」になることを最初から期待されていたにせよ、熟練者への教育だった。しかし、現実はそうではなく「一人前」の量産を求めていた。

だから照準にしても、いままでは身体で覚えて弾道のずれを修正できていた。だがこれからは、そういう真似は期待できない。

照門に捉えたら引き金を引く。それで命中させるような機材が求められていた。つまり、一定水準の技量の持ち主で戦力を維持するため、機械の性能を向上させたのだ。

これは照準器だけでなく、限定的だが操縦席に装甲板を施したこととも関係がある。凡庸な搭乗員も場数を踏めば名人となる。なればこそ、搭乗員には長生きしてもらわねばならない。

統制型液冷エンジンの向上した馬力のいくらかは、搭乗員の生存性向上のために割かれていた。

こうしたことを考えるなら、一二試単座戦闘機は、単なる一〇式単座戦闘機の改善版では語られない戦闘機であり、まさに新型機と言えた。

こうした高性能が可能だったのも、航続力を常識的な数字に抑えたためにほかならない。新機軸導入でも速度が落ちないのは、過大な燃料を積まないからこそ実現したのだ。

このように本命の一二試単座戦闘機は順調な開発が行われていたが、難題であった長距離戦闘機の問題はどうなったか？

それを解決したのが、前川技師が提案した双胴戦闘機であった。これは一〇式戦闘機を可能な限り流用したもので、照準器も従来の光像式照準器であった。

つまり双胴戦闘機は、形状こそ従来にない異質なものであったものの、内部のあれこれは一〇式戦闘機にほかならず、発動機も同じであった。ただ過給器と冷却機構に改善があり、馬力は高い。

速力は一〇式単座戦闘と一二試単座戦闘機の中間ほどであった。そして昭和一三年一一月の時点で、試製（メーカー提案なので年号すらついていない）双胴戦闘機は一五機が完成していた。

それを多いと考えるか、少ないと考えるかは判断の難しいところである。

既存機の流用――損傷機を修理ではなく廃棄と会計処理して流用した。もちろん機能的には機体に問題はない――とはいえ、開発期間を考えるなら、一五機という数字は十分に健闘した数字と言える。

一方で、戦力の絶対数という点では、一五機というのは中隊一つ分であり、できることはどうしても限られる。大きな作戦の戦術補助どまりだろう。ただ、それでもないよりはましである。

「これが例の長距離戦闘機ですか」

長谷川重治海軍少佐は、いまは練習航空隊に籍を置く、いわゆるテストパイロットであった。海軍籍ではあったが、勤務先は陸軍基地に近い相模原の練習航空隊分校である。

機体整備などの人材育成を担うこの分校の職員として、新型機の試験などを担当する。身分としては教官であるが、教鞭をとったことはない。強《し》いて言えば、陸海軍の後輩の指導が教育活動と解釈できなくもないが、教官的なのはそこまでだ。

彼は南京郊外の戦闘機飛行場で、遠くに見える陸海軍の爆撃機を意識しつつ、目の前に並ぶ一五機の双胴戦闘機に独特の感慨を持っていた。

「すっかり本物の戦闘機だ」

「相模原でも本物でしたよ」

「そうだが、より本物だよ」

「本物に、より本物も何もありませんよ」

日本からやってきた前川技師は異議を唱える。

二人は練習航空隊時代からの知り合いである。前川がある種の確信を持って双胴戦闘機なる常識外れの機体を設計したのも、長谷川の影響が強かった。

長谷川の実家は関西の大きな酒屋で、酒以外の商品も扱う地域の富豪だった。彼自身は次男で海兵に進んだが、妻は親の取引先の娘で、やはり裕福な家の出だった。女学校卒という点でもそれはわかる。

そんな長谷川は、海兵時代から将来は航空に未来があると考え、大使館への武官勤務の経験こそなかったものの、私費でヨーロッパからアメリカを旅行し、一年かけて各国の航空兵力を見学するという経験を有していた。

戦闘機の技術的方向性として翼面荷重の増大傾向は世界的に明らかで、運動性重視の格闘戦の時代は終わると予測していた。

エンジン馬力と速力が増大する中で翼面荷重を確保しようとすれば、爆撃機並みの巨大な戦闘機になってしまう。そんな戦闘機は現実的ではない。彼の論旨は明快だった。

長谷川自身が航空機に手を染めた時期は、戦闘機も偵察機も攻撃機も曖昧な時代であり、彼も操縦はできたが、戦闘機乗りと自分を決めていたわけではなかった。興味という点では、彼はむしろ爆撃機・雷撃機に興味があった。日本列島を空母とすれば、来航するアメリカ艦隊を爆撃・雷撃で壊滅できる。そうであるなら、水上艦艇を縛る軍縮条約こそ日本にプラスになる。

彼の重戦闘機主義は、重厚化するであろう爆撃機を撃墜する手段としての重戦闘機という認識であり、思考の中心には対艦攻撃手段としての重爆撃機があった。

その時の報告書が井上成美校長に高く評価され、彼は練習航空隊に迎えられたのだ。

井上としては長谷川にテストパイロットとして、諸外国の航空機を研究させるという意図と「航空機があれば艦隊はいらん」ともとられかねない彼の言動から、彼を保護するという意図がある。

長谷川は長谷川で、航空技術者から日本の航空技術の問題点などを学ぼうとしていた。しかし、竹上主任技師クラスの偉い人との接点はあまりなく、じっくり議論できるのは前川のような若手であった。

前川が非常識を承知で、理詰めで双胴戦闘機という異様な形状を採用したのも、海外にない独自戦闘機という若い世代の強い意思表示の結果でもあったのだ。

じつは、前川は上司の竹上に双胴戦闘機の構想を披露する前に、軍人として長谷川の意見も聞いていた。

長谷川も前川の模型を目にして、最初こそ絶句したが、すぐにその利点を理解した。高速、重武装、長距離航続力、形状を見慣れないだけで彼の重視する要件はすべて満たしている。

長谷川が絶賛し、それに背中を押されて前川が竹上に提案し、実現した。そして、結果的に最初の配備部隊の指揮官が長谷川になった。因果応報というか必然というか、ともかくそれを不審に思う人間はいない。

通常、こうした新型機は陸海軍の航空隊に平等に配備されるが、試製双胴戦闘機は一五機しかないため——陸軍航空隊の搭乗員たちが嫌がった——海軍航空隊の中に護衛戦闘機隊というのが臨時に編成され、長谷川少佐が指揮官となったのだ。

それらは、編成上は陸攻航空隊の傘下の飛行隊の一つとなっていた。陸攻の護衛が目的なのと指揮系統が単純化できるからだ。

もっとも機体そのものは戦闘機なので、運用は飛行場の戦闘機エリアで行われる。形状以外は一〇式戦闘機そのものなので整備は容易だった。

「しかし、こいつの正面には立ちたくないな」

長谷川少佐は、双胴戦闘機の中央の機首を掌《てのひら》で叩く。相模原の時には七・七ミリ機銃が四丁だったが、それは明らかに間に合わせであった。「本物の戦闘機」のいまは、二〇ミリ機銃が四丁に七・七ミリが二丁の計六丁。

じっさいは、二〇ミリ機銃が六丁か七・七ミリが八丁の二種類が考えられていたが、二〇ミリ機銃の生産数の関係と最初の一五機は装備を統一するという趣旨から、二〇ミリと七・七ミリの混在装備となっていた。

この時期の装備からすれば、世界最強水準の重武装だ。それが機首に集合しているのだから、威圧感は圧倒的だ。

「こいつはどれくらい量産されるんだ?」

「それは小職ではなく、飛行隊長が決めることでは?」

「つまり俺たちの働き次第か……」

そうだろうと思う。長谷川は、こうした高速重武装の長距離戦闘機は海軍航空の三本柱の一つくらいに思っていたが、それは少数派であった。

理由の一つは、現在開発が進められている一二試単座戦闘機の性能にある。航続力こそ一〇式戦闘機と大差ないが、火力と速力では一〇式単座戦闘機を圧倒するらしい。

つまり長距離任務以外、たいていの任務は一二試単座戦闘機で対応できる。長距離任務だけが双胴戦闘機の仕事となる。

爆撃機の護衛というような任務が、どれほどの頻度であるのか? 生産数が少ないのは避けられないのかもしれない。

しかし生産数が一定数以下では、新戦術の研究や運用もできなくなる。双胴戦闘機は汎用性が高い。だからこそ相応の数が準備されるべき。長谷川はそう思っていた。

「まぁ、双胴戦闘機は一二試が失敗した場合の保険という意味もあるようです。一〇式よりは高性能なので」

「保険か……まだまだ重戦闘機への認識は十分とは言えないか」

「そうでもないのですが、正直、本格量産への抵抗は強いですね」

「形状が異様だからか」

「ある意味で形状が原因ですけど、飛行隊長がお考えのような理由じゃありません。単純な話です。値段ですよ」

「値段?」

「この一五機は損傷機を帳簿上、廃棄処分として原価を極限まで下げることができましたけど、こんな芸当ができるのは一五機程度だからです。それでも三〇機の損傷機を調達する必要がありました。

要するに、アルミもエンジンも一〇式の倍が必要なんです。だからゼロから製造するとなると、双胴戦闘機の価格は陸攻とほぼ同じです」

「戦闘機と陸攻が同じ!? いや、いくら双胴でも陸攻よりは小型だぞ」

「そうなんですけど、重量当たりの単価は戦闘機が陸攻より高いんです。単価と重量をかけ算すれば、価格は、ほぼとんとんなんです」

「陸攻並みの高額戦闘機か……なるほど、それは嫌われるな」

「やりようはありますけどね」

「どんな？」

「一二試が量産されれば、一〇式は余剰になります。それを双胴機に再生すれば、そこそこの数は調達できます」

「九式戦闘機は転用できないのか」

「それは無理です。九式と一〇式は、形状は似てますけど中身は別ものです。九式を二つつないでも、この双胴戦闘機の性能は実現できません。再利用できるのは一〇式だけです」

「一〇式の配備数の半数以下か、双胴機に転用できるのは……」

「いや、もっと少ないかもしれません。じつは仲間と密かに研究を始めているのですが……」

「何を？」

「一二試単座戦闘機をベースとする複座戦闘機です。こいつが実現したら、空の化け物になりますよ」

2

南京から出撃した陸攻三六機と護衛の双胴戦闘機一五機は、まっすぐに重慶へと向かって行った。ただし出撃時間は別々で、双胴戦闘機は訓練のような雰囲気で出動した。

今回の出撃のために長谷川少佐は、意図的に「壊れた戦闘機をつなぎ合わせて一機の戦闘機を作った。それでも基地の防空や偵察には使えるだろう」というような風説を流していた。

そして、編隊を組む訓練ばかりをいつも南京近郊では続けていた。

なので、陸攻隊は護衛戦闘機なしで出撃しているように見えた。しかし、後から出撃した双胴戦闘機一五機は優速を活かして先行する陸攻隊に追いつき、合流を果たした。

これは陸攻隊だけと思わせて、敵軍の戦闘機隊を誘い出す作戦であった。ある意味、危険な賭けでもある。

敵がこちらの罠にかかってくれなければならないし、しかも双胴戦闘機が実戦でどこまで役に立つのか未知数であり、期待外れの性能であったなら、自分らはまだしも陸攻隊は大打撃を受けることになる。

だが長谷川飛行隊長は、それはないと思っていた。テストパイロットとしてこの双胴機を飛ばして来た経験から、こいつは勝馬だという確信があったのだ。

「来たぞ！」

双胴戦闘機の地味だが重要な利点は、前方視界が広いことだ。エンジンがないから設計は比較的自由であり、視界は広く確保できる。

彼らには、二〇機あまりの戦闘機が接近するのが見えた。

長谷川は南京での戦闘の報告から、ソ連製の軽戦闘機が迎撃に現れると思っていた。しかし、接近してくるのは違う。彼の見間違いでなければ、あれは米軍が採用したP36戦闘機だ。むろん迎撃に向かって来ているのは、米軍ではなく中国軍だが。

米軍仕様のP36戦闘機は引込脚であったが、接近してくるのは輸出用の固定脚型だった。

日華事変は事変であって戦争ではないから、日本海軍は中国の港湾を海上封鎖はできなかった。それは国際法の規定による。そのため臨検すら自由にはできない。

だから中国がアメリカから戦闘機を輸入することを、日本軍が阻止することは難しい。とは言え、モンロー主義のアメリカの戦闘機がやって来るというのは意外と言えば意外である。

中国軍のＰ36戦闘機隊は、双胴の異様な機体の姿に面食らったようだった。それが攻撃機なのか、そうでないのかさえわからない。先入観がなければ、双発の軽爆撃機と解釈されても不思議はない。

じっさい、彼らはそう解釈したらしい。双発の戦闘機自体が世界でもまだ開発途上で馴染みもなく、戦闘機としては大きすぎる機体を、彼らはそう解釈したのだ。

しかし、それは自殺行為にも等しかった。戦闘機に自分から飛び込んで来たのだから。

最初の何機かは射程圏内に入る前に、二〇ミリ機銃四丁の猛射でアウトレンジから撃墜されてしまった。

双胴の不可解な飛行機が戦闘機だとわかると彼らも警戒し、回避しようとした。だが、双胴戦闘機のほうが固定脚のＰ36戦闘機よりも高速である。回避しようとして戦闘機は、すぐ後方に張りつかれ、一連の機銃掃射を受けて撃墜されることとなった。

Ｐ36戦闘機隊には撤退するという選択肢もあった。しかし、現実には彼らにそれは許されない。

彼らは首都重慶を守るための戦闘機隊であり、爆撃機を前に退くことはできない。彼らは態勢を立て直してから、双胴戦闘機ではなく陸攻に向かった。

しかし、ここでも速度の差は大きかった。すれ違って日本軍機をやり過ごしたかに見えたP36戦闘機隊は、反転した双胴戦闘機隊に追いつかれ、やはり後方から銃撃を受けてしまう。

二〇機あまりのP36戦闘機隊の数は、すぐに半減し、さらに半減し、そして全滅に至る。

もはや陸攻隊を攻撃するのは対空火器だけだ。対空火器は旧式の高射砲が大半であったが、いくつかずば抜けた性能の高射砲があった。

それは中国がドイツから輸入した八八ミリ高射砲で、ダミー会社でドイツが製造していたものではなく、再軍備後に採用された新式だった。

それは陸攻にとって直接的な脅威であった。迎撃機は護衛戦闘機で追い払うことができても、高射砲はそうはいかない。

戦闘機隊のいくつかが二〇ミリ機銃弾で銃撃を加えると、一旦は沈黙するも、すぐに代わりの兵員が補充されて砲撃を再開した。

そもそも機銃掃射を加えられた八八ミリ高射砲座は、一つ二つしかない。重慶の都市部に設置されているため、高層住宅と衝突する可能性が少なからずあるからだ。

さすがに双胴戦闘機も、これは完全な排除はできなかった。そうした中で陸攻の一機が被弾し、エンジンの片方が停止した。

その陸攻は軽くするために目的地以外の場所ながら爆弾を投下し、身軽になる。重量のある対空火器まで捨てて、その陸攻は南京へと戻って行った。

他の陸攻はそのまま前進を続け、行政府と軍施設と思われる建物に爆撃を行った。双胴戦闘機の護衛による重慶爆撃の初陣は、ともかくも成功のうちに終了した。

「対空火器を潰す火力ですか……」

前川技師は、長谷川飛行隊長の意見に戸惑っているようだった。それも無理はない。重慶爆撃から戻ったその足で、長谷川は前川に「敵の対空火器を潰す戦闘機」などと言い始めたからだ。

「機銃より大火力って、大砲でも載せろと言うんですか」

「無理か」

「野砲などと言うなら無理です。重すぎます。そう、重量からいえば三七ミリ砲なら、ほかを降ろせば載るかもしれませんが、そんな大砲はないでしょう」

「三七ミリ砲があれば載るのか」

「あればの話です。あくまでも」

前川技師としては、話はこれで終わっていた。戦闘機に大砲を載せるというような馬鹿な話は続けるようなものではない。

しかし、長谷川飛行隊長は違っていた。数日後、彼はトラックに二門の三七ミリ機銃を載せてやって来た。

「な、なんですか！」

「三七ミリ機銃だ。砲架はないが作動する」

「作動するって……どこからこんなものを？」

「陸軍だよ。北支で鹵獲《ろかく》したドイツ製の三七ミリ機銃だ。砲架は破壊されたんだが、銃身や給弾機構は生きている」

「これを載せろと？」

「ちょっと改造したら載らないか」

「改造したら……ですか……」

何を無茶なことをと前川技師は思った一方で、それをどうすれば実装できるかも考えていた。

二〇ミリ機銃四丁を撤去すれば、搭載する空間は作れるだろう。重心や反動の強度、さらに照準などの問題はあるが、やりようはあるだろう。

「まず、この機関砲の仕様を確認する必要があります。単体で撃ってみて、反動の強さなどを確認しなければなりません」

こうして南京の航空基地では、非公式に三七ミリ機銃の試験が行われていた。前川技師はその三七ミリ機銃の威力に魅了されていく。

データを集めている間に、前川はその機銃を双胴戦闘機なら搭載できることがわかってきた。

七・七ミリ機銃一丁を保険に搭載しつつ、三七ミリ機銃を搭載し、速度や運動性能に大きな差異はないことがだんだん見えてきた。

さすがに今日明日にできる改造ではなかったが、それでも前川技師はどうすれば実装できるかのスケッチを何枚も描いては消していた。

長谷川飛行隊長も、そうした実験に立ち会う中で、機銃の換装は自分が思っていた以上に面倒な作業だと認識を改めた。

そして、双胴戦闘機に三七ミリ機銃を搭載する計画は、意外な方面から中止命令が出た。海軍航空隊の上のほうから「機材を勝手に改造するな！」との命令が出たのである。

前川技師もその命令には承服せざるを得なかった。軍の命令ということもあるが、自分らがいままで機体の標準化や規格化に心血を注いでいたのはなんのためか。

そうしたレベルからの共通化で兵站《へいたん》の負担を軽減し、稼働率を上げるためではなかったか。だからこそ、陸海軍で共通の機体を使ってきたのではないか。

前川はそうしたことを理解していたはずなのに、つい三七ミリ機銃搭載機というものに溺れてしまったのだ。

ただ、データはデータとして貴重な資料でもあるので、本社と練習航空隊の両方に送っておいた。

3

昭和一四年一月のある日、日本に戻っていた前川技師は制式化された一二試単座戦闘機（海軍では零戦、陸軍では隼と呼ばれた）関連の量産体制に関する仕事をしていた。

そんな前川技師を上司である竹上主任技師が自分の事務所に呼んだ。

「急な話で申し訳ないが、君の担当が変更になった。陸軍の襲撃機を担当してほしい」

「襲撃機ですか……」

襲撃機は、海軍では艦爆という。液冷エンジン搭載の急降下爆撃機だ。運用は陸海軍で異なるが、ベースとなる機体は同じである。

「あぁ、あっちのほうじゃない。例の双胴戦闘機を陸軍が襲撃機にしようとしている。そっちを担当してほしい。あれについては、君以上の適任者はおるまい」

「双胴戦闘機を襲撃機……爆撃機に？」

「それなら双胴戦闘機で最初からできるだろう」

「そうですね」

それは、爆撃能力も持たせた自分ならよくわかっていた。

「陸軍としても年度内に予算を処理したいので、襲撃機として会計処理をしている。いくら特別会計とはいえ、部内の経理処理は必要だからな。だから従来型の襲撃機とは違う」

「具体的には？」

「君のほうが詳しいだろう。ドイツ製の三七ミリ機銃を搭載するんだ」

「あれですか……しかし既存機の改造は……」

「海軍の戦闘機を改造するなら駄目だ。しかし、陸軍が新型機として試製一四年式重襲撃機を開発するなら問題ない」

話は比較的単純だった。

長谷川少佐が持ち込んだ鹵獲兵器の搭載案は、海軍航空本部からは却下された。しかし、その情報は練習航空隊経由の人脈で陸軍に流れていた。

陸軍は鹵獲したドイツの三七ミリ機銃の優秀性に感動し、その国産化を進めていた。ライセンス交渉は後から考えるとして、ともかく分解し、国産化可能な形で複製した。

この複製が順調にいったのは、現物が存在していたことと、統制型液冷エンジンの開発の過程で、冶金《やきん》技術などの基礎的工業力の底上げが大きかった。

ちなみにこの三七ミリ機銃の国産化は、やはり練習航空隊経由で海軍にも知られることとなり、海軍も対空火器の性能向上のため、いままでの二五ミリ機銃と高角砲の間隙《かんげき》を埋める存在として艦艇に搭載されるようになる。

そして、陸軍は対空火器としてばかりでなく、地上部隊を支援する地上攻撃機として双胴戦闘機に三七ミリ機銃を搭載した襲撃機を採用することを決定した。

開発中の軽戦車の主砲が三七ミリであり、陸軍内部では襲撃機というより空飛ぶ戦車と理解されていた。

そのため速力等は多少犠牲にしても防御は厚くされた。地上からの対空火器で搭乗員が死傷しないよう、操縦席下部に装甲板が施されるなどの工夫がなされた。

ただ、本当の戦車ではなく飛行機であるため、装甲板は下からの攻撃にだけ対応している。三六〇度の装甲では重くて飛べないのと、戦闘機と組んでの運用が前提であるからだ。

基本方針はそうしたもので、それを具体化できる人間として前川技師が軍から指名され、中島飛行機が開発を請け負ったのである。

こうして前川は双胴戦闘機の襲撃機化に着手したが、基本的なコンセプトは図面として陸軍側でまとめられていた。

しかもその図面自体は、前川が南京で描いた図面をベースにしているため、作業は比較的楽であった。

楽ではあったが、前川も多忙である。たたき台の一機をまとめあげ、相模原の練習航空隊分校で実地試験を行う。

時には分校で泊まりがけで作業をつめる。一度エンジンが停止したこともあったが、一基は動いていたため、緊急着陸で難を逃れたこともあった。双胴機の意外な利点を見せてもらったようなものだ。

形状こそ特異だが、基本的に一〇式戦闘機の派生系であるため、墜落に至るような大事故は起きていない。

じっさいのところ事故がもっとも多かったのは、全金属単葉の九試単座戦闘機の開発時で、殉職者こそ出さずにすんだものの、二機が試験中に墜落し、搭乗員が落下傘で脱出するということが起きていた。

試作機は研究用に相模原分校に置かれ、量産機――といっても実質的に双胴戦闘機の改修――はとりあえず一個中隊分の一二機が完成した。

官給品の三七ミリ機銃が一二基なので、それ以上の量産は無理である。試作機の三七ミリ機銃でさえ、外されてしまっているのだ。

計画から半年という異例の速度で開発は進み、陸軍に制式化された。この異様な速度には、もちろん理由があった。

最初の一二機は受領と同時に襲撃機一個中隊を編成し、そのまま飛行第一一戦隊へと編入された。

「君には選択肢がある。襲撃機の実戦をその目で確かめるか、一二試戦闘機の作業に戻るかだ」

竹上主任技師にそう言われた時、前川は「実戦で確かめます」と即答した。

竹上はその返事を驚かなかった。そうだろう、こういう姿勢を前川は竹上から学んだのだ。

「満州へ行けばよろしいのですか？　満州に送られるとうかがいましたが」

「詳しいことは陸軍に問い合わせてくれ。話はつけてある。自分もあまり、あっちの土地についてはよくわからん。大連とか奉天ならわかるがな」

「どこなんです？」

「モンハンだ」

「モンハン⁉」

「電報にそうあった。モンゴル　国境　ノ　モンハン」

4

前川が自動車隊の車に揺られ、ハイラルから二〇〇キロを走破してたどり着いたのは、モンハンではなくノモンハンだった。

その二〇〇キロも、ほぼ一日がかりの行程だった。自動車の稼働率を維持するため自動車隊には無理をさせない。

朝の七時に出発し、時速は二〇キロから三〇キロ。一時間走行しては一五分の整備休養。それを繰り返し、一二時にはしっかりと整備と休養で一時間停止。そして、目的地には午後遅くの到着となる。

飛行機を頼みたかったが、「ソ連軍戦闘機も飛んでいるからやめたほうがいい」と言われる。護衛戦闘機までつけていられないということだ。

それでも一〇式単座戦闘機の開発チームの一員だと言うと、それなりに丁重に扱われたのは、前線での評価が高いためらしい。

「ソ連の戦闘機に負け知らずです」と自動車隊の兵士たちは話すのだが、それなら制空権は日本軍にあるかというと、そう単純な話でもなかった。

一〇式戦闘機の総生産数は、陸海軍を合わせても一〇〇を超えるかどうかという数字である。それに対してソ連軍は、ノモンハンの戦場に一〇〇〇を軽く超える戦闘機を投入しているという。

「一〇〇〇機は敵機を撃墜したって話ですよ」という話をどこまで信じていいのか

はわからないが、戦えばほぼ勝てる戦いをしているらしい。しかし、数の差はいかんともしがたい。

さすがに制空権がソ連側にあるわけではないのだが、さりとて日本側にあるわけでもない。

じじつ前川技師を乗せた自動車隊は、飛行機の姿を見るとすぐに道路脇の木陰などに退避しなければならなかった。

前川技師はこの道中で、敵機の機銃掃射を経験し、友軍機が敵機を撃墜する光景も目撃した。戦いは苛烈である。

一〇式戦闘機はソ連のI15を鎧袖一触《がいしゅういっしょく》で撃墜した。ならば一〇〇〇機撃墜も嘘ではないのかもしれない。

だとすれば、ソ連軍の物量は馬鹿にならず、やはり最後は数なのかということを前川技師は考える。

「竹上さんはお元気か？」

そう言って、土埃まみれの前川をわざわざ出迎えてくれたのは小柳中佐だった。

第二飛行集団第二飛行団飛行第一一戦隊の戦隊長が彼だった。

彼の隷下には、一〇式戦闘機の部隊が二個中隊と双胴戦闘機一個中隊があり、その中隊に前川らが開発した襲撃機が配備されている。

戦闘機戦隊の飛行第一一戦隊に襲撃機中隊が配備されているのは、襲撃機と名乗っていても実質的に双胴戦闘機で、一〇式戦闘機の兄弟みたいなものだからだ。

「竹上は相変わらず忙しく働いております」

「いかんな」と小柳。

「前川君のような若い連中が育たないと。あの人だって、いつまでも図面を引いてばかりもいられんだろう」

「ええ、だから小職がやってまいりました」

「なるほど。竹上さんが楽になる日も近いのか」

小柳と前川は初対面ではないものの、練習航空隊時代に竹上の付属品のように何度か連れられ、紹介された程度の交流しかない。首席教官と平の技師では格の違いがある。

それでも、小柳は前川のことを覚えていてくれた。モンゴル国境まで自分らが開発した機体の働きを調査に来るような技術者に、小柳もまた感じるところがあったのだろう。

もっとも、ノモンハンがこんな場所と知っていたら、前川も出張を即答はしなかったろうが。

　剣飛行場という看板が、ここが陸軍の航空基地であることを示しているが基本、平原である。草は刈られ、ローラーで転圧する程度の整地はされているようだが、基地設備は最低限度に見えた。

　丸太とバラックの低層の建物とテント列が並んでいる。指揮所らしい二階屋だけが、平原の中で目立っていた。

　よく見ると、迷彩網の中にトラックの姿がいくつも見えた。旋盤やボール盤が積まれており、整備機材であるようだ。

「気がついたか。ここは野戦の飛行場だが、必要な機能はすべてある。我々の飛行戦隊だけでなく、基地を維持する飛行場大隊も航空分廠《ぶんしょう》も進出している。あのトラックは整備担当の分廠のものだ」

「車載なんですか。はじめて見ました」

「航空戦力が機動戦の要《かなめ》なら、それを支える飛行場大隊や航空分廠にも機動性がなければ困る。だから車載なんだよ」

　野戦飛行場にはじっさい自動車が多数あったが、ほとんどが自動車隊のものであるらしい。ノモンハン事件のために大量の自動車が動員された結果、機材が整備された航空分廠の整備車も自動車隊に協力しているのだという。

航空分廠は基地の兵站も担当するので、自動車隊に恩を売っても損はしない。ともかく、自動車が動いてくれないと飛行機も飛べないのである。そして、飛行機の修理も可能な航空分廠なればこそ、トラックの板バネ破断程度なら、現場で修理してしまえるのだ。

前川はすぐに、小柳戦隊長から双胴戦闘機中隊の中隊長である矢田貝《やたがい》大尉を紹介される。

埃まみれで風呂にでも入りたい気分だが、水は貴重なので飛行機と自動車と飲料水が優先され、前川にできたのは濡れたタオルで顔を拭くぐらいだった。

「いや、設計者にお目にかかれて光栄だ！」

矢田貝大尉は操縦席に納まるのか心配になるような体格だったが、指揮官として周囲を安心させる何かがあった。

「三七ミリは凄い。一撃で敵機を吹き飛ばせる」

「もう出撃してるのですか」

「当然だ。到着と同時に慣熟訓練だ。ただ実戦は残念ながら少ない。なにしろこの形状だ。敵はこいつを見たら逃げちまう」

聞けば、ソ連軍は双胴戦闘機の野戦基地がここだとわかったので爆撃を仕掛けてきたが、三七ミリ砲でことごとく粉砕し、それ以降、爆撃もないという。

「こいつを設計した人間が、無事に前線まで来てくれてありがたいよ。戦死などされてはたまらんからな」

「だから飛行機はやめるように言われました」

「あぁ、聞いてないか。ソ連兵もなかなか狡猾《こうかつ》でな、最近は狙撃手が待ち伏せて、自動貨車の運転席を狙ってくるんだ。運転手の死傷が増えてるからな」

「そんなことが……」

運転手が待ち伏せされ、狙撃されるなどとははじめて聞いた。しかし航空分廠近くには、確かに窓ガラスがない車両が何両か並んでいる。

「まっ、そういうことを含めて日本じゃわからんことが起こるのが前線よ」

そんな時、伝令のオートバイが駆け込んでくる。

「中隊長殿、出撃命令です！　緊急です！」

「緊急か。敵は何だ？　ポリカルポフかイリューシンか」

「ＢＴであります！」

5

「いるな……」

矢田貝大尉は眼下の草原に、多数のソ連戦車や装甲車を認めた。両方合わせて、ざっと七、八〇両はあるだろうか。

その八〇両近い装甲車両が日本軍陣地に向かっている。矢田貝とて陸軍将校だから、ソ連軍戦車のことはある程度は知っている。戦車の上面装甲が薄いことも含めて。

一二機の双胴戦闘機は一度、戦車部隊をやり過ごし、後方で反転後、後ろから戦車部隊に接近し、低空で戦車に三七ミリ機銃弾を撃ち込んだ。

三七ミリ砲弾の速度に飛行機の速度がプラスされ、砲弾の運動エネルギーはそれだけで四割近く大きくなるのだ。

じっさい装甲車やBT戦車のエンジン部や砲塔は、空き缶を拳銃で撃ち抜くように次々と吹き飛んで行く。

双発戦闘機の三七ミリ砲は、六発のクリップが三つ用意されていた。あいにくと単発での発射はできず、戦車一台を仕留めるのに六発すべてを使う。

だから一機で撃破できる装甲車両は、最大で三両だった。ただ、全弾命中は難しい。低空で砲弾に速度を増そうとすれば高速になるが、それだけ命中率は下がる。

そのあたりの速度と威力の兼ね合いは、対戦車戦闘が初陣ということもあり、矢田貝中隊長もつかみかねていた。それでも一二機の双胴戦闘機で、三〇両前後の装甲車両を撃破していた。

中隊はすぐに基地に引き返すと、燃料と銃弾の補充にあたる。

「どうですか?」

基地で待っていた前川技師には、さすがに戦場の様子はわからない。もっとも彼が戦闘を目にするとしたら、戦線は崩壊しているということだ。

「こいつがあれば、陸軍に戦車はいらないぞ!」

操縦席から降りないまま、矢田貝大尉はそれだけを前川に伝える。それで十分なはずだった。

前川にもわかるだろう。一二機すべてが帰還し、すべてが銃弾を補充し、戦場には幾筋もの黒煙が延びている。

いささか非常識な戦い方ながら、双胴戦闘機中隊は再び全機が出撃し、ソ連軍戦車隊に向かった。

戦場に戻ると、ソ連軍戦車隊はさらに数を減らしていた。友軍の八九式戦車はソ連軍戦車に撃破されているが、日本軍の九七式戦車に撃破されているものもあったからだ。

ノモンハンに送られていた九七式戦車の数は少なかったが善戦していた。

日華事変で中国軍はソ連やドイツから戦車を輸入し、日本軍はそうした戦車に苦杯を舐めさせられている。報告件数は少ないがその数は増加傾向にあった。

そこで、歩兵直協戦車だった九七式戦車の対戦車能力向上が求められた。砲塔の装甲厚を増加し、主砲を四七ミリ速射砲に改造したものが少数だが作られていた。

それが送られていたわけだが、ＢＴ戦車を撃破したのはそれである。

実のところ、ノモンハン事件における日ソ両軍の戦車はアンバランスな状況にあった。装甲厚では通常の九七式戦車でさえＢＴ戦車より厚かった。しかしＢＴ戦車の主砲は、ＢＴ戦車自身の装甲をも貫通できるだけの威力があった。九七式戦車の改造型も同様である。

つまりこの時の日ソ両軍の戦車は、自身の装甲厚よりも自身の火力が勝っているという状況だったのである。

強いて言えば、九七式戦車の改良型の新砲塔は正面装甲も強化され、これならおおむねBT戦車の砲弾に耐えられる。

しかし、これはあくまで新型砲塔なので、車体は従来型そのままだ。だから車体に命中すると、やはり貫通されてしまう。

それでも日本軍戦車がBT戦車を撃破し続けたのは、無線電話搭載のおかげだ。BT戦車は指揮車だけが無線送信を行い、小隊隷下の戦車は受信機しかなく、時には受信機さえなかった。対する日本軍は全車送受信ができたから、組織的な戦車戦が可能であった。

しかも、双胴戦闘機により四割近い装甲車や戦車が撃破されていたのに、ソ連軍戦車部隊の指揮官は状況を把握し切れていなかった。そもそも戦闘機で戦車が撃破できるという頭がない。

それでも状況の不自然さだけは彼にもわかった。わかったが、彼には命令を伝える手段はあっても、部下の状況を知る手段がない。

ハッチをあけて外を見れば、撃破された車両は見えるが、すでに戦闘機の姿はない。

しかし三〇両も撃破されたため、部隊の陣容はボロボロだった。そこを新砲塔の九七式中戦車が組織的な攻撃を仕掛けてくる。新砲塔の主砲はＢＴ戦車を始末するには十分な威力を持っている。

だからＢＴ戦車は、日本軍戦車隊に各個に撃破されてしまった。そもそもこの時期のソ連軍戦車兵は赤軍大粛清もあって、技量はお世辞にも誉められたものではなかった。

戦術面に柔軟性はなく、僚車との連携もうまくいかず、各個に撃破されるのは必然だった。

戦車隊の指揮官は、部隊の再編が必要ということはわかった。しかし、彼には撤退する権限は与えられていない。前進しながらの部隊集結もできない。

だからともかく状況を把握するため、彼は一時的に停止を命じた。各個にバラバラと前進されてはたまらない。

そうした中に、再び双胴戦闘機が戻って来た。矢田貝大尉は、我が目を疑った。無傷の敵戦車が停車しているためだ。

日本軍戦車は上面に日の丸を識別用に描いてあるが、ソ連戦車にそれはない。だから敵味方の識別は容易だったが、それだけに止まっているのがわからない。

「我々を馬鹿にしているのか？」

そんなことさえ考えるが、もちろんそんなことはない。何かの都合で、ソ連戦車隊は止まっている。伝令らしいオートバイが走っているのは、陣容の再編と思われた。

ならば再編前に襲撃するまでだ。最初の攻撃の経験から、第二波は要領もつかめてきた。

ソ連軍戦車隊は無線の不備もあってか、連携がとれていない。何両かには砲塔に機銃もついていたが、組織的に対空砲火を日本軍機に向ける者もいなかった。

矢田貝は、まず陣容を再編している集団に攻撃の矛先《ほこさき》を向ける。集団のほうが、銃撃の効果も高いからだ。

BT戦車は横並びで集まろうとしていたため、双胴戦闘機も「く」の字型に横陣を組み、それらを覆うように機銃弾を撃ち込んで行く。

上空から装甲やエンジンを撃ち抜かれたBT戦車は、ガソリンに引火し、次々と炎上をはじめた。

この様子に集結を試みていた戦車は、再び分散して逃れようと考えた。

しかし戦車よりも飛行機のほうが速い。分散しても双胴戦闘機からは逃れられない。むしろ視界の悪い戦車だけに、戦車内に閉じこもってしまうと、どこに逃げるべきかの判断もつかない。

こうして双胴戦闘機は、ＢＴ戦車や装甲車など、装甲車両を着実に仕留めて行く。

地上からは胆力のある兵士たちが、軽機関銃を双胴戦闘機に撃って来る。しかし、命中はしないし、何発かは当たっても装甲板が防いでくれた。

ソ連軍戦車隊の戦車と装甲車は、この双胴戦闘機の地上攻撃により、ほぼ全滅となる。何両かは残っていたが、それは戦車部隊が撃破するか、あるいは投降した。

前線の赤軍の督戦部隊が敗走するに至って、戦線は崩壊し、日本軍も戦線を整理し、ある程度のところで前進を止めた。

矢田貝らの部隊が出動した時点で、じつは日本軍戦車隊は孤立しており、そのままでは、ソ連軍戦車隊に包囲殲滅されかけていたためだ。それが双胴戦闘機により、敵軍は壊滅し、日本軍部隊も増援と合流し、とりあえずの危機は脱した。

じっさい矢田貝大尉が上空から見た限り、戦車部隊こそ善戦していたが、状況は危険だった。履帯《りたい》車両だから前進できたが、泥濘《ぬかるみ》の酷い場所もあり、自動車の移動も困難で、補給も容易に進まなかったためだ。

なにより砲兵陣地の進出の遅れは明らかだった。だから戦闘機の操縦席という狭い視野では、大勝であったとしても、戦場を俯瞰《ふかん》すれば、危機を脱したというレベルでしかない。

敗走する敵軍を追撃する余裕など日本軍にはなかった。このため第三波の出撃が矢田貝らに命じられた時、状況はやや違っていた。

二回目の出撃よりは、整備などに時間的余裕があり、そうして出撃した第三回目は、ソ連軍戦車隊の後方施設の破壊であった。

今回は、機銃のほかに爆装もなされていた。小型の爆弾を敵陣にばらまくのだ。

作戦目的は、地上にあるソ連軍の物資集積所を奇襲し、破壊する。

そのため双胴戦闘機隊は、かなりの低空を飛行していた。

「前方に敵高射砲陣地！　第一班は、それを銃撃せよ」

無線の命令に従い、第一班がそれら高射砲陣地に低空から機銃弾攻撃を行う。

低空での飛行であるため、ソ連軍の高射砲も十分には戦えない。高射砲を守るための対空火器もない。

高射砲そのものに命中した機銃弾は少なかった。しかし、周囲の弾薬はそれにより誘爆し、それが陣地を噴き飛ばす。

高射砲陣地を破壊すると、本隊はそこから物資集積所へ雪崩れ込む。そこには多数のトラックが移動し、物資が積み上げられていたが、対空火器の類《たぐい》はない。

「爆弾投下！」

矢田貝が命じると、小型爆弾が周辺に投下され、次々と爆発した。トラックの中には燃料を満載したものもある。それらが誘爆し、物資集積所は火の海となった。水の乏しい土地である。消火はほとんど不可能だった。矢田貝らが基地に戻った時も、地平線には黒煙が立ち上っているのが見えた。

このたった一日（実質的には半日）の戦闘で、ソ連軍戦車部隊は壊滅したも同然だった。

むろん動員した戦車部隊の総数からすれば、それらも戦力の一部に過ぎないが、八〇両弱の装甲戦闘車両が全滅というのは、いかにソ連軍とて看過できない。

結果的にソ連軍も大規模な攻勢は、それ以降は起こさなかった。大敗が二度も続けば、極東ソ連軍全体の責任問題となる。

停戦交渉の中で、日本軍はソ連軍がこの双胴戦闘機を毒蛇と呼んでいることを知る。

日本陸軍機の命名基準としてはいささか異例だが、戦意昂揚《こうよう》の意味もあり、この双胴戦闘機の名前は「毒蛇」となった。そして海軍もまた、この名前を踏襲した。

第五章　開戦前夜

1

昭和一六年秋。佐世保沖合を航行中の空母翔鶴は、第五航空戦隊に編入され、激しい訓練に明け暮れていた。

前川技師はそんな空母に、昇進した陸軍航空隊の矢田貝少佐とともに、ある実験のため特別に乗艦を許されていた。

空母翔鶴は日本海軍が誇る最新鋭の空母であり、軍機の固まりのような軍艦だ。だから軍用機のエンジニアといえども、なかなか乗艦は許可されない。乗艦できたのは、海軍軍令部の新型機の構想を検証するという意味があったからだ。

ただ空母瑞鶴・翔鶴は錬成を急いでおり、前川らのためだけに佐世保に戻るわけにはいかず、彼らは洋上補給訓練のためのタンカーに同乗し、そこから内火艇で移動という形になった。

さすがに連絡は入っており、空母翔鶴では迎えの人間がいた。

「久しぶりだな！」

「ここがお前の職場か、大谷！」

翔鶴の艦爆隊の隊長である大谷少佐と陸軍航空隊の矢田貝はそんな挨拶を交わす。

考えてみれば、彼らは練習航空隊の卒業生であるから、旧知であっても不思議はない。特に佐官クラスは、練習航空隊が幹部クラスの養成から始まっていることを考えるなら、当たり前とも言えた。

大谷と前川は初対面ではあったが、上司の竹上とは何度も練習航空隊や相模原の分校で、矢田貝も交えて議論を交わしたという。

そういう経緯なので、二人はまず格納庫に案内された。

「あっ、隼と軽爆がある」

「おいおい、ここでは零戦と九九式艦爆と呼んでくれよ。まぁ、基本同じ機体だがな」

「あれは、なんだ？」

矢田貝が指さす。攻撃機なのはわかるが、艦爆ではないようだ。

「あれは九七式艦攻だ。海軍だけの機体だ」

それもまた、統制型液冷エンジンを搭載している攻撃機なのは矢田貝にもわかったが、三座らしく胴体は長いように思われた。

「海軍だけの機体なんてあるのか」

「司令部偵察機のように、陸軍だけの機体があるだろう。さすがにすべてが同じとはいかんよ」

大谷少佐が言うように、総力戦を意図して陸海軍の航空機の統合を図ってきた日本ではあるが、想定戦場などの違いから独自の航空機も何機種かあった。特に空母艦載機という制約条件は大きい。

艦攻は水平爆撃も可能だが、主たる目的は雷撃にあった。爆撃だけなら九九式艦爆で可能だ。しかし、それとて二五〇キロ爆弾までだ。雷撃をするためには、どうしても艦攻が必要であった。

「こうやって並んでいると兄弟だな」

矢田貝は言う。

単座の零戦、複座の九九式艦爆、三座の九七式艦攻である。どれも液冷エンジン搭載の細い胴体の機体で、規格化・標準化のためもあってか、ちょっと見はよく似ていた。

「似てるだろう」

大谷は我が意を得たというように笑う。

「じつはこれを見てもらったのは、今日の実験とも関係がある。前川君は知ってるな？」

「はい、概要は」

「自分は聞いてないが」

「矢田貝は専門家としての意見を聞くためにあえて話していないんだ。先入観なしで見てもらいたいからな。さて、そろそろ上にあがるか」

飛行甲板の上には折り畳み式のテーブルと椅子が置かれ、パンと珈琲が用意されていた。

すでに飛行甲板には機影はない。時間になるとテーブルも椅子も片付けられ、彼らはアイランド近くの待機所で待つ。

「来ました！」

見張りの声を聞き、艦尾を見る。そこには接近中の飛行機の姿が見える。双胴の独特の形状をした戦闘機だ。

翔鶴の真後ろには駆逐艦がおり、それが飛行機に進むべき針路を示している。それは陸軍の毒蛇戦闘機であったが、着艦フックが追加されていた。

「大丈夫かな」

「自分の部下の中でも技量優秀者だ。大丈夫さ。逆にあいつが着艦できないなら、誰にもできん」

毒蛇戦闘機は、最初は着艦体勢のまま進入したが、着艦はせずにそのままやり過ごす。着艦のイメージトレーニングをしていたのだろう。

そして、二回目で着艦を果たした。それは海軍航空隊の大谷少佐から見ても、見事なものであった。

前川はすぐに戦闘機に走り寄って、いくつか専門的な質問をした。着艦時の視界や衝撃などだ。また機体の各部を点検し、着艦時の衝撃の影響も見る。それだけでなく、飛行甲板への影響も忘れない。空母を傷つける飛行機では運用は難しい。

ひと通りの調査が終わると、再び空母翔鶴は艦首に波を立てる。その頃には飛行甲板に、翔鶴の将兵の姿も増えていた。現役の搭乗員でも双胴戦闘機をじっさいに目にした人間は少ない。総生産数はそれほど多いわけではないからだ。

そして、いよいよ発艦となる。操縦席のある胴体にはダミーの爆弾が吊られていた。重さは五〇〇キロある。

そのダミー爆弾を抱えながら、毒蛇戦闘機は滑走準備にかかる。エンジンの回転数が上昇し、機体は前進し始める。

――大丈夫か？

空母も前進しており、合成風力は計算の上では十分なはずだ。しかし、物事すべてが「はずだ」で解決すれば実験などいらぬ。世の中には「はずでなかった」が必ずあるのだ。

じっさい毒蛇戦闘機は安定して滑走し、ダミー爆弾を抱えながら発艦を成功させた。その飛行姿勢は安定している。

「やはり難しいですな」

前川技師は率直な感想を述べる。そして矢田貝はともかく、大谷はその言葉にうなずく。

「何がまずい？　ちゃんと発艦しただろう」

「陸軍式にはそうだろうが……」

「なんだ、見事な離陸に陸軍も海軍もないだろうが、大谷よ」

「陸上基地ならな。空母となると話が違う」

「どう違う？」

「まず翔鶴は日本が保有する空母の中でも最大級の飛行甲板を有している。それがほぼ全域を使って発艦した。つまり、日本海軍の空母で毒蛇を運用できるのは加賀、赤城、翔鶴、瑞鶴の四隻だけだ。蒼龍、飛龍でも難しい。

しかも毒蛇は、全長はともかく横幅がある。飛行甲板に並べて順番に発艦させるとなると、エレベーターの改造はともかく、部隊の離発着にどうしても時間を要してしまう。

つまり、貴様の部下は優秀だが、空母で毒蛇を運用するのは現実的ではないということだ。

貴様から見て戦術運用的にはどう見える？　技量の問題ではなく」

「戦術運用か……」

矢田貝大尉は、すぐに大谷少佐の意図を理解できた。

「戦術運用としては筋が悪いな。今回は実験と聞いたので腕の確かなのを選んだが、誰でも同じ芸当ができるかといえば、それは無理だろう。

海軍でも空母の搭乗員は技量優秀だろうが、やはり誰でもこの機体を扱えるかと言われれば、それは難しいのではないか。

そうしたことを考えるなら、少なくとも現状のままでは、空母の艦載機としては無理がある。性能はともかくとしても運用が難しい。空母には向かんだろう」

「なるほどな」

「そもそも、空母には爆撃機も雷撃機もあるじゃないか。どうして毒蛇を載せなければならんのだ」

「あぁ、それか。まぁ、ここだけの話にしてほしいのだが、海軍の新しい艦載機計画の参考だ」

「新しい艦載機？」

「零戦や隼は当初の計画通り陸海軍共通だ。陸軍の軽爆も海軍の艦爆と基本的には同じ機体だ。

しかし艦攻だけは別で、これは海軍の空母艦載機としてしか使えない。だが開戦が近いと言われているいま、艦攻が量産の妨げになるのは面白くない。そこで海軍としては、艦攻と艦爆の統合を計画している」

「よくわからんが、軽爆で雷撃もしようというような話か」

「簡単に言えばそうだ。要するに艦爆で雷撃もできるなら、陸軍機としても運用できるし、現行の軽爆の性能向上にもつながる」

「しかも海軍との共通機か……」

矢田貝大尉にもその話は理解できたし、利点もわかる。それがいまの実験とどうつながるのか？

その疑問を読んだのか、大谷は言う。

「艦爆と艦攻の機種統合は、できれば既存機の改良で行えないかという研究が始まっているのだ」

「だから毒蛇か！」

「双胴機は双発だから馬力がある。爆弾も魚雷も搭載できるのではないかという目論見《もくろみ》だったが、やはりそう安直なものではなさそうだな」

2

昭和一六年秋。北部仏印進駐から南部仏印進駐につらなる動きにより、日本と英米蘭との対立はいっそう深刻化した。

蘭印総督府も、当初は日本軍の直接的圧力から融和に向かうかと思われた。しかし、自国を武力占領しているナチスドイツとの同盟国である日本に対して石油資源を提供することは、ロンドンのオランダ臨時政府にとって、やはり容認できるものではなかった。

蘭印・仏印の資源がドイツに提供される可能性すら否定できないためだ。例えば、日本が艦隊を組んでイギリスの海上封鎖を突破するとしたら、イギリスは苦しい判断を強《し》いられる。

武力で阻止すれば、日本との戦争を招きかねない。日英戦争はアメリカ介入の理由にはならず、イギリスはアメリカの支援もないまま、日本との戦争を行わねばならない。それは悪夢だ。

それなら海上封鎖を解くとしたら、日本との戦争は避けられようが、アジアの資源がドイツに供給されつづけてしまう。

そうした観点からも、蘭印の石油資源を日本に売却はできなかった。ただ、それにより戦争の可能性は高まっていた。どう転んでも戦争になる。世界はそう考え始めていた。

「こいつは六〇〇、出るんだろうな？」

搭乗員の武藤海軍大尉は、整備員にその真っ黒な機体を指さす。

「六一五キロを出しました。軽量化の賜《たまもの》です」

「丸腰の代償でもあるな」

それは双胴の毒蛇戦闘機であったが、機首の重武装は撤去され、小型のカメラがセットされていた。特別設計の自動で写真を撮影し続ける装置だ。

「コタバルの基地上空を撮影するわけだな」

搭乗員は作戦指示の書類を画板に挟んだ将校に確認する。

「イギリス軍の航空戦力を把握する」

将校は慎重に言葉を選び、敵という単語は使わなかった。まだ戦争は始まっていない。開戦を避ける外交的な余地も残されている。

じっさいのところ、武藤大尉も将校も開戦など望んでいない。

本州にいる連中は、開戦になったところで敵弾は飛んでこない。しかし、最前線にいる自分たちは、開戦となれば戦死の可能性は少なくない。

自分らが海軍の奉職したのは国を守るためだ。それは、日本列島を外敵が襲撃してきた時に戦うという意味だった。漠然としたイメージでは、日本海海戦のような場面だ。

だが現実は、自分たちは仏印にいる。陸軍の一部の馬鹿が仏印進駐を行ったために、戦争が現実のものと語られるほど、日本を取り巻く国際環境は悪化した。その結果としての、海軍航空隊の仏印駐屯だ。

自分たちが戦死すれば、国に残された妻子はどうなるのか？　国土を守るための戦死なら、妻子を守るためと納得もできる。しかし現状は、馬鹿の尻拭いではないのか？

そんな戦死は願いさげだ。

とは言え、彼らも海軍の人間であり、命令にしたがうことに疑問はない。命令には疑問があっても、それを実行することに疑いはなかった。悪法も法である。そういうことだ。

機体が特注なのは、色だけではなかった。エンジンや艤装など、およそ日本語表記されている部品の刻印はすべてヤスリで潰されている。撃墜された時、これが日本軍機とわからないようにするためだ。

だから搭乗員の飛行服も、日本語が一つも入っていない特注の黒い飛行服である。

武藤大尉は、国籍不明機として領空侵犯を冒すことには無神経なくせに、国籍を隠す小細工には、ここまでの神経を使う人間がいることに不気味さを感じていた。

「これは本当に国のためなのか？」

それを将校に問いかけたところで、彼にも返答はできないだろうが。

そうして時間となる。偵察機仕様の毒蛇戦闘機は、サイゴンの基地からマレー半島中部東岸のコタバルに向けて飛ぶ。直線で八〇〇キロ足らずの行程だ。

飛行はほぼ洋上であり、天測をしながら機位を確認する。雲量はあるものの、天候はおおむね良好だ。

そうして予定の時間に毒蛇戦闘機は、コタバル上空に到達した。この時間を選んだのは理由がある。太陽の角度により、上空からの写真撮影で機影が鮮明になることが期待できるからだ。

太陽光の角度がわかっているから、影の長さで高さが割り出せる。そこから数多くのことを読み取ることができるのである。

コタバルの飛行場は、思っていた以上に小規模だった。双発爆撃機や比較的旧式の戦闘機があるだけで、すべてを合わせても二〇機くらいしかない。基本的に植民地統治のための空軍力なら、こんなものなのだろう。

偵察は飛行基地の戦力だけでなく、コタバルの海岸から飛行場に至る防御施設も重要だった。

時局の緊迫化から、確かに陣地を建設している痕跡はあるが、どれも中途半端なものである。完成しているわけではなく、建設中で、しかも工事は中断しているようだ。

この偵察によって防御陣地が強化されるのかどうか、それはわからない。正体不明機にイギリス軍も気がついたのか、あさっての方向に高射砲を撃ってくる。それは警告のためだろう。

武藤大尉も、それをしおにサイゴンへの帰途についた。

3

「いや、心配をかけてしまったな」

竹上主任技師の様子は、前川技師が思っていたよりも良好に見えた。

前川も多忙だったが、竹上もそれ以上に多忙であった。なにしろ二人とも、同じ会社の同じ建物にいてさえ、顔を見ることができないほどだった。

「竹上倒れる」の電報を、前川は佐世保で受け取った。飛行機の手配がつかず、そのますぐに汽車を乗り継ぎ、東京へと戻ってきたのだ。

「重病とかそういう話ではない。過労だよ、単なる」

竹上は務めて元気そうに振る舞うが、疲労の色は隠せない。

「まぁ、来週には復帰の予定だ」

「早すぎませんか」

「遅すぎるくらいだよ」

竹上の言う遅すぎるの意味は前川にもわかる。戦争と決まったわけではないが、戦争の可能性は急激に高くなっている。そうした中で、既存機の量産体制だけでなく、新型機開発の圧力も強くなっていた。

ただ日華事変以降、戦時における航空戦力の増強策は一応はできていた。開戦初期は、既存機の量産で数の優位を確保。開戦中期は、既存機の性能向上で戦局に対応。開戦後期は、新型機投入という流れだ。

結論だけを聞けば、常識的で平凡な方針に思えなくもない。しかし実現可能な堅実な計画とは、そういうものである。

堅実な計画の要《かなめ》はエンジンにあった。日本軍機のほぼすべてが統制型エンジンに依存しているから、機体の量産にはエンジンの量産が欠かせない。

そこで竹上主任技師は三菱などにも働きかけ、エンジン用の専用工作機械の開発にも着手していた。熟練工はいなくなるという前提の計画だ。

これに合わせて、統制型エンジンも部品の互換性に影響を可能な限り与えないよう、専用工作機械で製造しやすいように設計などが変更されていた。

　そのための作業量だけでも甚大なものだ。竹上主任技師自身は、それらに対して直接図面を引く立場ではなかったが、管理職として部下への指示や関連企業などとの打ち合わせや会議は彼の担当だった。

　それと同時に、自分の片腕となるべき人材にも仕事を割り振り、成長させねばならない。前川もそうした若手の一人であった。

　竹上主任技師の仕事はそれだけでは終わらなかった。既存機の性能向上と新型機の開発問題があり、いずれも統制型エンジンの出力増強の必要があった。

　一応、これについても計画はできており、一〇〇〇馬力クラスの現用エンジンは、過給器を現用の一段二速式から二段二速式にして、一五〇〇馬力を狙うのである。

　既存の零戦と隼も、それは開発時から織り込み済み（対して一〇式戦闘機は大幅な改修が必要）なので、新型機の実戦配備までは既存機の性能向上でしのげるはずだった。

　そして統制型一五〇〇馬力エンジンの開発は、おおむね順調に進んでいた。何をなすべきか、統制型一〇〇〇馬力エンジンの開発時からわかっていたからだ。

　問題は新型エンジンである。二〇〇〇馬力を目指す新型エンジン開発は、いささか開発が混乱していた。

若手に全面的に任せたら、V型一二気筒エンジンを上下につなげたX型二四気筒とでも言うべきエンジンを提案してきたのだ。

非常識とも思えるX型だが、開発者には相応の合理性がある。それは既存エンジンの部品などをそのまま活用し、二〇〇〇馬力を実現するというものだ。戦時下で量産性と馬力を両立するエンジンを短期間で実現する。

V型二四気筒なら二〇〇〇馬力になるが、異常に長いエンジンになるので、全長を既存のものと同じになるようにV型を上下に結合するというアイデアである。

どうも開発者は前川技師を意識しており、彼が開発した双胴戦闘機の成功に刺激され、こうしたエンジンを思いついたのだという。

ただ、前川は双胴戦闘機を「陸攻を護衛する長距離戦闘機という特殊用途の軍用機」と認識しており、数は出ないという前提で、歩留まりの悪さも承知していた。

しかし、X型エンジンの開発者はそこまでの明確な認識はなく、新型エンジンとしてX型を量産するつもりでいた。

確かにこれが成功すれば、日本のエンジン技術を飛躍させただろう。しかし、そうはならなかった。

一つのクランクシャフトにX字配列の二四気筒をつなげるという構造は、日本のエンジン技術では手に負えなかった。動くには動くが性能は安定せず、さらにエンジンが発火することさえ起きている。

最大の問題は冷却機構であり、それがさまざまな問題を生んだ。試作エンジンは開発途上という要素を加味しても、冷却機構が巨大になりすぎた。それはラジエーターの設計をかなり困難にすることを容易に予想させた。

あるいは大型爆撃機なら使えるかもしれないが、そうなると単発機の性能向上には寄与しないことになる。

結局、竹上主任技師はX字エンジン開発を中止した。部下の気持ちを考えるなら断腸の思いではあるが、完成の目処のない開発はできない。

そこで同じ人間に汚名返上の機会として、エンジンシリンダーのボアとストロークを拡大するという堅実なV型一二気筒エンジンの開発を命じていた。これなら寸法もさほど変わることなく、単発機にも利用できる。

この二〇〇〇馬力エンジンが重要なのは、陸海軍共用で四発爆撃機の開発計画が進んでいたためだ。相変わらず、陸軍は仮想敵をソ連に、海軍はアメリカに置いていたが、いずれにせよ、長距離を重武装で飛行する爆撃機の必要性は同じであった。

これは毒蛇戦闘機の将来的な性能向上で、護衛戦闘機の目処も立つという前提の計画であった。

こうした一連の構想が二〇〇〇馬力級統制型エンジンの完成を前提としていただけに、新型エンジンの失敗は戦略爆撃機の頓挫につながりかねなかった。

じっさい四発爆撃機の開発は、試作段階の一五〇〇馬力エンジンを搭載して非武装の初号機が試験飛行を行うところまで進んでいる。

そこから実用化までには、まだ紆余曲折——あれこれの要求仕様のため重量が過大になるなど——が予想されるが、これが前線で通用する大型高速重爆となるか、後方で使用する低速輸送機になるのかは、二〇〇〇馬力級統制型液冷エンジンの成否にかかっていたのだ。

それゆえに細部は部下に委《ゆだ》ねるとしても、竹上主任技師自身がこの新型エンジンの概要をまとめるという仕事も引き受けたため、彼は過労で倒れることになったのだ。

「私のことより君はどうなのだね、前川君。毒蛇だけでなく、艦攻艦爆の統合機も引き受けることになったのだろう?」

「どうしてそれを?」

「見舞い客は君だけじゃないからね。それに時局を考えれば、静養なんてそう簡単にはできんよ」

竹上主任技師が疲れた表情なのは、過労の影響よりも病院での仕事の影響かもしれない。考えてみれば前川自身、見舞いと言いつつも、竹上に相談しているではないか。

「まぁ、成り行きです。最初は毒蛇に魚雷を抱えられないかという話でした。だから自分が主務者になったのですが、空母での運用試験では、毒蛇は艦攻艦爆の統合機には向きません。

ただ、艦載機としての可能性はあります。フラップを工夫して発艦性能を向上させれば、爆装して発艦は可能です。雷装は無理ですが。

商船改造空母は雷撃機を搭載しないそうですが、ならば全機を毒蛇にして戦闘機兼爆撃機での運用は可能でしょう」

「君は相変わらず独創的だな。毒蛇改の仕事も抱えているのだろ?」

「毒蛇改は、それほど難しい作業ではないです。もともと毒蛇は一〇式をベースに双胴化した機体ですが、零戦や隼はその一〇式の発展改良型ですので、やるべきことはわかっています。

それに一二試単座戦闘機の段階から、双胴化も織り込んでもらっていますので」

それは、双胴化のために一二試単座戦闘機が設計されたということではない。構造部材の設計に際して、製造工程で改造の手間を減らすように設計されたという話であり、一二試単座戦闘機自体はあくまでも新型戦闘機の性能向上を意図して設計されている。

だから、前川の言う「それほど難しくない」という発言は、二割程度は割り引く必要がある。竹上主任技師はそう解釈していた。

「艦攻と艦爆の統合も、二〇〇〇馬力級エンジンを搭載した艦爆の設計みたいなものです。それだけの馬力があれば、一トンの爆弾が搭載できる。ならば雷装も可能という話です。

基本が急降下爆撃機ですから、陸軍との機種統合もこれで前進するでしょう」

「なるほどな」

竹上主任技師は前川の前向きさに感心しながらも、問題の困難さも理解している。いや、竹上のみならずとも、日本の航空機技術者なら誰もがその難しさがわかるだろう。

ある意味で、九九式艦爆の成功が諸悪の根源とも言える。液冷エンジン搭載のこの流麗な艦爆は、攻撃機のくせに五〇〇キロ以上の速度をたたき出した。陸海軍関係者は、この性能に驚喜した。戦闘機並みの速度の攻撃機なのだ。

この点では、優秀な性能ながらも三座の攻撃機である九七式艦攻の性能は色あせて見えた。また海軍だけが三座攻撃機を製造していることは、それが必要とされることは陸軍関係者も理解しているものの、「なんとかならないか」という無言の圧力が存在していた。

だから艦攻艦爆の統合は、「総力戦体制」という文脈からも求められていた。ただ航続力の違いはあるにせよ、一トンの爆弾もしくは魚雷というのは陸攻の性能である。それを単発機で実現させ、あまつさえ急降下爆撃を実現するのは容易ではない。

だからこそ、九七式艦攻の後継機として、より高速の液冷エンジン搭載の艦攻の開発が進められていた。海軍航空隊から見れば、新型艦爆が頓挫した場合の新型雷撃機不在を回避するための保険である。

「しかし、君もこうやって油を売っていられる立場でもあるまい」

「ええ、じつは出張が入りまして、しばらく戻れないらしいので、その報告もありまして」

「出張⁉　佐世保から戻ったばかりだろう」

「そうです。ただ例の毒蛇改の初期生産機がロールアウトして、陸軍に受領されました。それを現場で確認しなければなりません」

「君も損な性分だな」

「私はそれを竹上さんから学んだのですが……」

「なるほど、損な性分で上司にも恵まれんのか、気の毒に」

「でも、いい仕事はできますよ」

「だから困るんだよ……身体も資本だぞ。自分が言っても説得力はないが」

「そこは反面教師にさせていただきます」

前川はそう言うと頭を下げた。

4

「なんか自分は、かみさんより君の顔を見ることのほうが多いんじゃないか」

戦闘機戦隊の飛行第一一戦隊襲撃機中隊の中隊長である矢田貝大尉は、サイゴンの陸軍航空基地に部隊ごと転属を命じられ、そこで隼を（つまりは零戦を）ベースとした新型の双胴戦闘機毒蛇改を受領していた。中隊の毒蛇すべてが新型機である。

そのサイゴンの基地で、矢田貝は再び前川技師の訪問を受ける。先日、佐世保で会ったばかりでないか。

「新型機について部隊の運用経験をうかがいたいと思いまして」

「新型機なぁ……」

隼が一〇式単座戦闘機の改良型であるため、毒蛇改と毒蛇の外見上の相違はちょっと目にはわからない。

真上から見れば、主翼の形状の違いなどもわかるのだろうが、地上からの人間の目線ではそんな相違はわからない。

配備数は一五機で、三機は予備であり常用は一二機。一〇機が二〇ミリ機銃八門、五機が三七ミリ機銃と七・七ミリ機銃二丁装備型だった。

火力の増強は明らかだが、それも真正面から見なければよくわからない。ただ、これは明らかに馬力の向上の賜であった。

「火力が強化されたのはわかるが、従来機と何が違うのだ？」

最高速度や航続力、馬力の向上などについては矢田貝も数字を握っている。しかし、軍用機は数字だけではわからないことを、彼は誰よりも熟知していた。

「基本が一二試単座戦闘機なので、目に見えない性能が向上しています。照準器が一番わかりやすいでしょう。ジャイロが内蔵されていて、機体の加速を補正して照準を指示します。百発百中とはいきませんが、従来型よりかなり性能は高いです」

「照準器か。それは重要だな」

「ただ、速度性能や加速性能は隼とは違うので、そこは中隊長に確認していただかねばなりません」

「まぁ、それは当然だな」

「あと、操縦席の装甲防御が以前より充実してます。側面も補強しましたので、下からの銃弾の損傷はほぼ解消できたと思います」

「それは心強いな」

陸軍の毒蛇戦闘機の使い方はノモンハン事件以降、すでに戦闘機というより襲撃機というか、地上攻撃機的なものになりつつあった。それはタンクキラーとしての実績が生んだものだ。

ただ、そうした用途のために低空での運用が増え、地上火器による損傷が馬鹿にならなくなっていた。

ノモンハン事件の時も、地上からの機銃掃射により操縦席を撃ち抜かれた例がある。

もっとも、機体を撃ち抜いた銃弾は装甲板で弾かれ、搭乗員は死傷せずにすんだ。装甲板のある部分にかろうじて命中していたためで、数ミリずれていたら、どうなっていたかわからない。

その部下は、いまは練習航空隊で航空機による地上攻撃の戦術面を教えている。装甲板の有無が搭乗員一人だけではなく、人材育成にも影響したことになる。

「これから毒蛇戦闘機は、この新型に換装されていくのか」

「そうなりますね。従来機の経験があるので、多用途性は増します。機首の兵装ブロックを取り替えれば、三七ミリ機銃と二〇ミリ機銃八門を短時間で取り替えられますし、カメラを載せれば偵察機にもなります。

魚雷は無理ですが、左右両方の胴体下には爆弾も吊れます。ですから、換装すれば戦術的な多様性も増やせると思います」

「古いやつはどうなる？」

「一部は練習航空隊で、高等練習機として使われます。しかし、大半はアルミ材として再生されます。エンジンは再利用されるかもしれませんが」

「アルミ材になるって……もったいなくないか」

「いえ、毒蛇を再生したほうが資源効率は高いんです。一機で戦闘機二機分になりますから。

それにおわかりかと思いますが、毒蛇は量産されたとはいえ、総数は零戦や隼に及びません。特殊機材です。なのでどうしても機体の新陳代謝で、新型機に揃えるほうがいいのです」

「特殊機材か……」

確かに、この双胴戦闘機を乗りこなすには相応の技量がいる。機隊の数だけ増やしても、搭乗員の数が足りなくなる。

そうしたことを考えるなら、少数精鋭部隊は最新鋭機材で揃え、旧式化したものはアルミ材として再利用するのが正しいのかもしれない。

「しかし、航空機用の液冷エンジンの再利用というと、やはり航空機か」

「二線級の機材の保守部品として用いられると聞いてます。そのへんは自分も兵站《へいたん》ではないのでなんとも。一部は陸軍の工廠《こうしょう》で実験用にするとか」

「航空機の実験は練習航空隊で一本化と思っていたがな。まぁ、完全統合はしていないからいいのか」

「いや、飛行機ではないようです」

「飛行機ではない？」

「よくわかりませんが、ディーゼルエンジンに改造するのだとか」

5

陸軍技術本部にて戦車や車両を担当する第五部長の原乙未生《とみお》少将は、完成したばかりの新型戦車に複雑な想いであった。

基本設計を自分が担い、山下訪独団に同行している間は部下たちが開発を進めていた。それがいま完成したのだ。

九七式戦車をベースにしたとはいえ、開発期間の短さを考えるなら、ここに実物があるのはやはり信じがたかった。

「これが直協戦車か……」

九七式戦車より重装甲であるため、転輪を一つ増設し、履帯幅《りたいはば》も拡張したそれは実際以上に巨大に見えた。

「部長、以前から思っていたのですが、これは砲戦車ではないのですか」

部下がそう尋ねるのも当然だった。

その直協戦車には砲塔がなく、車高が低く戦闘室には九五式野砲が搭載されている。開発期間が短かったのは、主砲に野砲をそのまま転用したことも大きい。専用の火砲を開発していたら、開発期間は一年以上延びたであろう。

戦闘室は傾斜した七五ミリの装甲で覆われていた。正面には野砲と機銃が装備され、さらに戦闘室後方にも左右に機銃が装備されている。

重装甲は重量の増大を意味するが、それはエンジンの馬力で補った。統制型液冷エンジンをベースに気筒数を調整するなどして改良した液冷ディーゼルエンジンを搭載することで、五〇〇馬力の出力のエンジンを搭載したのだ。

陸軍としては、航空機用液冷エンジンの開発に伴う国内工場の技術の向上や生産効率の改善を視野に、自動車用エンジンも航空機エンジン生産の中に組み込む統制型への統一を研究していた。

さすがに自動車用と航空機用をイコールで結ぶのは無理がある。また、陸軍は車両にはディーゼルエンジンを施行していた。そのため両者の生産面のすり合わせの研究を行っているのが現状だった。

航空機用エンジンと車両用ディーゼルエンジンの生産ラインまで統合するのは、かえって非効率ではないかという結論は固まりつつあったが、電装品などの共通化の模索は続いていた。

　ともかく、目の前の直協戦車のエンジンはそうして調達された。重量出力比は九七式戦車以上に良好だったが、履帯幅を広げるなどしているため、速度よりもトルクを重視していた。

　普通に考えれば、自走化した野砲であり、自走砲もしくは砲戦車と呼ぶのが順当だろう。

　しかし、原部長は開発段階から直協戦車と呼んでいた。部下たちも、最初は秘匿名称くらいに思っていたのだが、どうやらこれが正式名称になるらしいという話を耳にし、驚いているのであった。

「砲戦車に見えるからこそ、直協戦車と呼ぶんだよ」

「つまり、実態は同じものと？」

「まぁ、そのへんは解釈次第だがな。君ら、九四式軽装甲車を知ってるな？」

「豆戦車ですね。それが？」

「あれは、本来は前線に弾薬を輸送する輜重《しちょう》機材だった。しかし、武装した軽装甲車両ということで、戦車部隊ではない歩兵師団に装甲車隊のような部隊が編成されている。

現時点で、本邦でもっとも生産数が多い装甲戦闘車両が九四式軽装甲車だ。まぁ、九五式や九七式の戦車生産が抜くのは時間の問題だが」

「最近は国民党軍も対戦車砲を装備し、豆戦車では戦えないですからね。そもそもそういう目的の機材ではない」

「そうだ。対戦車兵器が普及したいま、歩兵とともに敵陣地を攻撃する装甲戦闘車両は九四式軽装甲車では不十分だ。

敵の砲火力を耐え抜き、敵に対して強力な砲火力を行使できる戦闘車両が求められている。それが直協戦車だ」

「つまり、この九七式よりも大きな戦車は、九四式軽装甲車の後継車両とおっしゃるんですか」

「そういうことだ」

原部長がそうした戦車の必要性を感じたのは、技術者としての戦車開発の経験と戦車部隊長としての経験が大きく影響していた。特にノモンハンでの戦闘は、彼に多くのことを考えさせた。

新砲塔の九七式戦車がソ連軍のＢＴ戦車を撃破したのは、原にしてみれば驚くようなことではなかった。そういうふうに作ってあるのだから撃破して当然だ。

それよりも彼が憂慮したのは別のことだ。九七式戦車は歩兵直協の戦車として機動力を持った戦車として開発された。しかし、現実の戦場は戦車対戦車という形が増えつつある。

いまのところ、日華事変で戦車戦はほとんど起きていない。しかし、彼らも戦車を装備しているのも事実である。

中国軍が対戦車装備を増やしたのと同様に、今後は戦車を増やしていくなら――じっさい蒋介石《しょうかいせき》はソ連から多数の戦車を買っている――中国軍相手でも、これからは戦車戦は増えるだろう。

そうした戦車戦でも負けない戦車を実現できることは、ノモンハン事件で確認できた。問題は主力戦車が戦車戦を重視する、つまり機動戦に軸足を移した時に、歩兵師団はどうなるかという問題である。

日本陸軍も部隊の機甲化・自動車化には熱心に取り組んでいる。取り組み時期だけをいえば、世界でも最先端グループに位置しているだろう。

ただしアメリカのように、民需の自動車産業が軍需を支えるという構図ではなく、日本の自動車産業は、少なからず軍需や官需に依存する部分が大きい。

そういう国であるから、一部の歩兵師団こそ自動車化が進んでいたが、ほとんどの歩兵師団は輜重を馬に依存しているのが現実だ。

したがって、一部の歩兵は自動車で機動戦を展開できても、大多数の歩兵師団はそうした恩恵を受けることがない。

砲戦車の類《たぐい》にしても、それは機甲師団の砲兵部隊に充当される機材であり、一般の歩兵師団の機材ではない。

かつてはその隙間を九四式軽装甲車で埋めることができた。しかし今日の戦場では、もはや豆戦車ではその間隙は埋められない。

機甲部隊から漏れた歩兵部隊と行動をともにして、歩兵師団の直協戦力としての歩兵が扱える厚い装甲と強い火力を持った装甲戦闘車両が必要なのだ。それが直協戦車である。

この構想自体は原部長の独自のものであった。しかし、彼は海外の情報を集める中で、ドイツ軍の参謀本部作戦課長マンシュタイン大佐が、突撃砲という名前で同じ構想の装甲戦闘車両を提案していることに、大いに意を強くしたのであった。

原部長は、こういう構想を一番最初に部下たちに話していた。しかし、どうやら日本を留守にしている間に、部下たちの中では高速重武装砲戦車の開発という、より「面白い」方向に視点が移ってしまったらしい。とは言え、完成した直協戦車は原が構想した戦車にほかならない。

「無線機は航空機用の無線電話を搭載しています」

「送受信両方だな？」

「両方です」

「よろしい」

「あと車体後部には、外との連絡用の電話機も装備しました」

「ならば、連絡に困ることはないな」

通信連絡は、原が直協戦車で装甲や火力並みに重視した部分だ。歩兵や歩兵部隊と密接な連絡が取れなければ、直接的な協力はできない。敵弾が飛び交う中で戦車の乗員と連絡を取るとなれば、車体にのぼってハッチから怒鳴るより、安全な車体後方から電話連絡すべきである。

航空機用無線電話を搭載したのは、無線機の機種統合の流れである。陸軍にも一時は用途に応じて多種多様な無線機が存在した。しかし日華事変以降、そんな無駄を許せる状況ではなく、無線機は大幅に種類を減らした。

車両船舶航空機などの移動体の無線電話は、航空機用無線機を活用することに決まった。一番容積が小さいので、たいていの乗り物に載せられるからだ。

このへんの機種統合には原も色々と運動していた。ノモンハン事件でも感じたことだが、航空戦が重要ないま、戦車や船舶が航空機と直接的な連絡をとることは、いままで以上に重要となる。

それは厳密な指揮系統の点では問題を含んでもいる。地上の少尉が上空の大尉に敵陣攻撃を「命令」するようなことも、戦場の混乱の中では起きかねない。

しかし、それは制度面で改善可能な問題であり、それよりも関連部隊で意思の疎通が図れないほうが問題は深刻だ。

「部長、直協戦車がそういうものだとして、歩兵師団が使うわけですか」

「運用としてはそうなるだろうが、当面、使える師団は限られるだろう。ある程度は自動車化が進んでいないと、直協戦車の真価は発揮できまい。操縦術の講習も、自動車の経験がある人間かどうかでだいぶ違うからな」

この時点で生産された直協戦車は一〇両であったが、五両ずつが第五師団と近衛師団に配備されることとなった。

いずれもが砲兵連隊などではなく、歩兵連隊の装甲車小隊という扱いであった。

6

練習航空隊を接点として、かねてより陸海軍航空隊の中堅幹部たちは四発重爆の構想を抱いていた。海軍はマリアナ諸島付近で敵艦隊を攻撃できる陸攻を、陸軍は満州から極東ソ連の要地を空襲できる爆撃機を、それぞれ求めていた。

技術的な妥当性などを加味し、四発で四トンの爆弾を搭載して四〇〇〇キロを飛行する、関係者はこの性能を実現する重爆開発計画を、四が三つなので、三四《さんよん》計画と読んでいた。

もっとも初期の構想だけをいえば、満州事変頃からあったのだが、具体的な話ができるようになったのは双発爆撃機、つまり九六式陸攻や九七式重爆が実用化を迎えた頃だ。

戦術面で双発爆撃機の活躍する余地が大きいため、その性能向上が計画されていたが、技術的な経験から四発重爆の開発が始まったのである。

日本もユンカースからの支援で陸軍九二式重爆を製造した経験もあり、四発機を開発するための下地はできていた。

また、ユンカースが社運を賭けて開発していたＪｕ90がルフトハンザでは採用されず、ドイツ空軍からも量産命令が出なかったため、それに関する資料を日本のさる企業に売却したことも、四発機開発の大きな助けになっていた。

そうして純国産で開発されたのが、一〇〇式輸送機だった。

重爆でも陸攻でもなく輸送機なのは、機体の製造や工作にまだ解決すべき問題があったのと、二〇〇〇馬力級のエンジンがまだ開発されておらず、試作段階の一五〇〇馬力エンジンを活用しなければならないためだ。

一五〇〇馬力でも飛行は可能だ。航続力もそこそこある。ただ速力は遅くなり、運動性能も軍用機としては第一線向けではない。

しかし、その輸送機を具体化することで、大型機製造の経験や運用のノウハウを得ることができる。それは最終的な四発重爆の完成度を上げるだろう。

同時に、日本陸海軍も将来的なことを考えたなら、輸送機の充実は不可欠だった。一五〇〇馬力エンジンで輸送機を製造しておけば、本命の二〇〇〇馬力エンジンが実用化した時には、エンジンの換装でそのまま性能を向上させられる。

さらに輸送機ベースでの四発重爆開発は、輸送機と重爆で部品の互換性などを確保できる。これは日本にとって見逃せない利点だ。

こうした思惑で開発された四発輸送機が、密かにサイゴン周辺に集結していた。輸送機隊としては二七機であり、これは陸海軍ではなく練習航空隊の高等演習としての移動であった。

高等演習は陸海軍の現役軍人を学生として行うものである。この高等演習の判定官は、練習航空隊の元校長の三木であった。現在は練習航空隊参事という立場で参加していた。

ただ、これは建前であり、いざ開戦となった場合には、彼が練習航空隊の輸送機隊を輸送航空隊として指揮する立場にあった。

これはマレー作戦が陸海軍共闘の作戦であることと、兵站の維持確保が作戦の可否を握るためだ。陸海軍ともに、前例のない機械力を投入すると同時に、その機械力を維持するためには機能する兵站が不可欠だった。

そもそもイギリスの植民地統治のために、マレー半島の交通インフラは街道を除けば整っているとは言えない。したがって、イギリス軍が交通インフラを破壊する前に、それを確保する電撃戦が必要だ。

それを支えるのが航空輸送隊である。それをあえて練習航空隊管轄としたのは、一にも二にも機隊の数が二七機しかないためで、これを陸海軍で一三、一四と分けて運用するのは、どう考えても効率的とは言いがたい。だから陸海軍部隊共用輸送航空隊として、練習航空隊による運用がなされるのである。

そのため彼らは「実習」と称して、サイゴン周辺の専用滑走路に進出していた。軍用機とは一線を画するというのも表向きの理由だが、もう一つは兵站輸送のために、港や駅まで軽便鉄道を敷設する都合からだ。

輸送機の絶対数が絶対数なので、輸送できる物資の量は高が知れている。だから軽便鉄道でも問題はない。しかし、迅速確実に物資を輸送するには、安定した輸送路が必要なのも確かである。

じつはこれに関連して、練習航空隊は秘密兵器を開発していた。すでに練習航空隊は航空基地の運営に関する訓練にも着手していたのだが、野戦における航空基地の迅速展開も研究課題に入っていた。

ただ、野戦築城は工兵隊や施設本部の管轄であり、練習航空隊もそこまでは手を広げない。あくまでも機材面の研究である。

そうした中で開発されたのが、戊《ぼ》型自動貨車と呼ばれるものだ。四発輸送機の存在を前提としたものだが、それで輸送できるトラックである。海軍側の要望から「航空魚雷を運べること」を目標に一トンの物資を輸送できる能力が求められた。

機載可能とするため、恐ろしいまでの軽量化が行われた。最前線に用いる軍用車ではなく、後方の兵站任務に用いるということで、不整地性能などは妥協して四輪である。

タイヤは幅と直径が従来のものより大きく、不整地性能を向上させ、同時にサスペンションの性能はタイヤに委ねた分、ここも妥協した。

鉄パイプのフレームにエンジンとトランスミッションを組み込んだだけというような、素人が見たら自動車のシャーシだけとしか見えない車両である。それでも要求に対する強度は確保されている。

運転席も木箱とパイプに帆布《はんぷ》を張っただけという徹底ぶりであったが、吹きさらしよりはましであり、雨風は防ぐことができた。

ここまで軽量化したおかげで、一トンを積んで最高で時速四〇キロを出すことができた。そして輸送機に搭載できた。

およそ世界の軍用車で、これほど簡略化した軍用車はないだろうという車両であるが、作戦運営の面で、こんな自動車でもあるのとないのとでは雲泥の差である。

さらに後方支援というのは、性能の妥協を許すための方便であった。

じっさいには、輸送機は前線近くの平坦地に強行着陸するようなことも考えられており、つまりそこで運用されるなら、立派に第一線で活用される軍用車となる。だからこそ、軽量化と言いながらも大型のタイヤを用いて、四輪での走破性を確保するのだ。だから軽量化を連呼しながらも、この戊型自動貨車は四輪駆動を採用していた。

言い換えれば、機載可能な四輪駆動車を実現するために、運転席を帆布の箱にするほどの軽量化を行ったのである。

航空基地で忙しく立ち働くこれらの車両も、作戦開始と同時に輸送機に積まれ、前線に送られることになる。

このように輸送機隊は作戦全体の航空輸送を担う部隊として練習航空隊が担当していた。

輸送用飛行機の運用としては、これはたぶん正しかったが、三木輸送隊長としてはなかなかの大仕事だった。陸海軍部隊の兵站総監や経理、主計の幹部と連絡を取りながら、物資輸送を行わねばならなかったからだ。

練習航空隊は現時点において、陸海軍が互いに牽制していることもあり、また戦争になっているわけでもないので、建前として文部省の管轄下にある。

だから、作戦部隊である陸海軍部隊の命令にしたがう「義務」はない。何をどう輸送するかの判断は、最終的に三木の判断に委ねられている。

「怨みを買いそうだな」

しかし、三木中佐はそうしたことに達観していた。怨みも買えば感謝もされよう。その違いは一点だけだ。

「勝利すれば感謝される」

そこに疑いはなかった。

第六章　昭和一六年一二月八日

1

太平洋戦争はいつ始まったと言えば、昭和一六年一二月八日であるが、多くの日本人がイメージしているのとは異なり、最初に戦端が開かれたのは、真珠湾ではなくマレー半島であった。

さらに言えば、そのための実働部隊の出撃は一二月八日の数時間前であり、それはサイゴンで始まっていた。

仏印進駐時には、日本軍はサイゴン近郊にある八箇所の飛行場を仏印総督府より租借していたが、マレー侵攻作戦にはそれではとうてい間に合わないため、さらに六箇所の飛行場が新設された。

作業には近衛師団や第五師団の工兵隊だけでなく、現地の人夫を大量に雇うこととなった。

都市部がヨーロッパ的でも、植民地の機械力は高が知れている。建設工事の労働力は現地人と農耕用の牛が中心となり、夜間にはカンテラをつり下げて工事が行われた。

こうした準備と並行して、日本軍の航空隊は進出していたのだ。

サイゴン近郊の第二飛行集団第二飛行団飛行第一一戦隊が展開している剣飛行場から、一五機の毒蛇改戦闘機と九七式重爆一機が出撃した。重爆の役割は、航法支援と現場での照空にあった。可能であれば戦果確認も担当する。

隼をベースとした毒蛇改は双胴戦闘機ながら、燃料の増槽《ぞうそう》を装備できた。これで航続距離は著《いちじる》しく向上した。

練習航空隊でも夜間航法や洋上航法や長距離飛行の訓練は、陸海軍ともに受ける。しかし、夜間に洋上を長距離飛行する訓練は受けていない。一つの条件だけなら戦闘機搭乗員でも対処できたが、三つ重なると単座機では難しい。

そのためエスコート機として九七式重爆が飛ぶのである。こちらなら専属の航法員が搭乗しているし、サイゴンの基地から航法用の電波も送信されていた。

じつは数日前からサイゴンでは、夜間飛行の訓練が行われていた。それは現地で日本軍の夜襲を怪しまれないための計略だった。イギリスなどのスパイが監視していても、この出撃をいつもの夜襲としか考えまい。

矢田貝中隊長は小柳戦隊長から、こうした工作の重要性を聞いていた。満州などで働いていた経験などからいって、欧米人の日本航空機に関する認識は遅れている。日本軍機は欧米の航空機より劣った性能と信じて疑わないため、いざ奇襲攻撃の時に出撃して一晩戻らなかったとしても、コタバルまで飛んで行くとは考えないというのだ。

その話がどこまで事実なのかは、矢田貝大尉にはわからない。いずれにせよ、事の真偽は数時間後にわかる。自分らの命と引き換えに。

重爆はある地点にさしかかると、戦闘機隊よりも増速し、前進する。すでにマレー半島の海岸線は見え、さらに眼下には、友軍を乗せた艦艇や船舶の姿も見えた。

毒蛇戦闘機隊が海岸線を越えようとした時、重爆が展開した吊光投弾《ちょうこう》により、夜空にコタバルの飛行場は照らされる。

それを合図に、戦闘機隊は一気に飛行場に攻撃をかけた。爆撃機も戦闘機も地上に待機している。そこに八門の二〇ミリ機銃を装備した双胴戦闘機が機銃掃射をかけるのだ。

地上の偵察機や爆撃機などは、反撃する間もなく破壊される。地上の対空火器が動き出したが、それもすぐに三七ミリ機銃により沈黙させられた。

海岸には第五師団の将兵を待ち受けるイギリス軍部隊やインド人部隊があった。しかし、日本軍機による基地の奇襲は、上陸阻止のための守備隊に大きな心理的な圧力を与えていた。

重爆による吊光投弾の灯りから、背後の飛行場が襲撃されていることを彼らは知った。じっさい飛行場は燃えている。

そして夜間にもかかわらず、制空権を確保されている。つまり、自分たちは海上の日本軍と上空の日本軍に挟撃される位置にいる。そうしている間にも、日本軍の舟艇《しゅうてい》が接近して来た。

低速の舟艇が多い中で、プロペラ音とともに高速で海上を突っ切ってくる舟艇もあった。海面は波も高いのだが、それらは波を切り裂くように、時にはジャンプして滑るように進んでくる。

海岸線の陣地からは、たまりかねて銃撃や砲撃を仕掛けるものもあったが、舟艇がうねりに乗って進んでくるため容易に命中しない。

逆に、攻撃が上空に対して陣地の位置を教える結果となり、次々と機銃掃射の餌食となった。いくつかの陣地が機銃掃射で炎上すると、その灯りにより他の銃座や砲座も明らかになる。

それに対しても機銃掃射は容赦なく仕掛けられた。海上の日本軍がついに上陸を開始した時には、守備隊はそれを阻止するどころではなく、後方へと撤退を開始してしまう。挟撃され、全滅するのを避けるためだ。

結果として、侘美《たくみ》支隊はほぼ無血上陸を成功させることができた。冷静に考えるなら、航空機が上空にいても滞空時間は限られているのだから、挟撃状態は長続きはしない。

しかし奇襲を受けたことで、そうした冷静さをイギリス軍は欠いていた。

それに飛行機が飛んでいる以上のことがわからないため、空母艦載機と考えたのだ。サイゴンから飛んで来たと解釈するより、そのほうが現実的だったからだろう。彼らとて大型正規空母六隻が真珠湾に向かっていて、すべて出払っているなどとは思わない。

こうしてほぼ戦闘らしい戦闘もないまま、翌日にはコタバルの飛行場は日本軍が占領することとなった。

2

コタバルの飛行場は、早くも一二月一〇日には使用可能となり、その日の夕刻には練習航空隊の輸送航空隊が進出してきた。

「基地の拡張は一週間ほどで目処が立ちます」

現地の設定隊の隊長は、三木中佐にそう説明する。なにしろ設定隊の幹部が練習航空隊の教え子なので、ここは階級を超えた上下関係がある。

「予定より早いな」

練習航空隊が航空基地に関してのみだが、野戦築城の研究に着手したのは比較的最近のことだ。

この方面では、主として陸軍が小松などにブルドーザー開発を命じていた。練習航空隊経由だと、陸海軍共通の発注をとりまとめることができ、会社にとっても量産効果が期待できた。

また、航空産業の部品の規格化・標準化が進んだために、建設機材の開発でも適切な金属材料を指定することが可能となり、それは開発期間の短縮に大きく貢献していた。エンジン部品も航空機と共用できるものが少なくない。

それでも基本性能はアメリカ製などのほうが勝るというが、国産でも実用性は十分であり、なにより人力と比べれば大きな進歩だ。

「それなら、コタバルへの進出は一週間後か」

じつは輸送航空隊は確かにコタバルに全機進出していたが、すぐに燃料を補給して戻らねばならなかった。コタバルへの進出はサイゴンからの物資輸送のためだった。

その物資とは戊型自動貨車である。二七機の輸送機により、二七両の自動貨車が輸送されたことになる。

自動貨車の輸送はあと一回行われ、それで自動貨車は五四両となり、海上輸送した若干の車両——指揮車や連絡用のオートバイなど——と合わせ、兵站《へいたん》自動車中隊一個分が揃う。

これはコタバルから進出する侘美支隊の作戦を進める上でも大きな戦力になるはずだった。

「この戦争は、機械が使えなければ話にならんな」

3

斥候《せっこう》は側車付き自動二輪車、つまりサイドカーで戻ってきた。

「前方四〇〇メートルに敵陣地があります。ほぼ中隊規模と思われます」

斥候の将校は佗美大佐に概況を報告した。

奇襲で大混乱に陥ったイギリス軍だが、彼らは自分たちの植民地の地勢については日本軍以上に理解していた。

マレー半島を縦断し、シンガポールを攻略するためには、限られた道路と鉄道を利用するよりない。つまり、戦場はそれらの道路や鉄道の確保が勝敗を分ける。

そうしてイギリス軍は後方に火砲を備えた陣地を構築していた。まだ戦闘機隊は進出しておらず、佗美大佐としては手持ちの戦力でケリをつける必要があった。

歩兵部隊ながら、彼には切り札があった。

「あれを使う時が来たな」

こうして投入されたのは、二両の直協戦車であった。南方作戦全体でも一〇両しかないうちの二両が、激戦が予想される佗美支隊に配備されたのだ。

歩兵連隊ながら臨時の直協戦車隊を編成し、講習を受けた人材が運用していた。

直協戦車は縦一列に前進している。並んで前進できるほどの道幅がないためだ。直協戦車の後方には歩兵分隊が同行し、周辺の偵察を行っていた。

後方の直協戦車は主砲を使いにくい位置ではあるが、左右両側には機銃があるため、側面の攻撃に対して反撃することはできた。

イギリス軍の誤算は、上陸した歩兵部隊が戦車を伴っていたことだった。このことはすぐにシンガポールに打電されたが、現地軍の考えはともかく、シンガポールの司令部はこの報告にとんでもない勘違いをする。

つまり通常、歩兵部隊は内部に戦車部隊など持っていない。戦車部隊は戦車部隊として独立して存在している。

それなのに日本軍部隊が戦車とともに動きだしたということは、日本軍は歩兵部隊とともに戦車部隊も伴っている。そういうことになる。

現実に第二五軍は自動車化した歩兵師団と戦車部隊を伴っていたから、この報告自体は間違いではない。問題はその戦車部隊が、開戦劈頭《へきとう》から存在しているという情報である。それはイギリス軍側の防衛計画を混乱させた。

司令部はともかく、陣地のイギリス軍は直協戦車に攻撃を仕掛けてきた。彼らとしては、対戦車砲である二ポンド砲で直協戦車に攻撃をかける。それで撃破できるはずだった。

しかし正面装甲が厚く、傾斜も備わっている直協戦車はその砲弾を弾いてしまう。そして、砲撃位置を露呈した陣地に主砲を撃ち込み粉砕する。

「右前方三〇度にアカ！」

同行する歩兵分隊の分隊長が、車体後部の電話機で直協戦車の内部に照準を指示する。直協戦車は構造的に固定砲室なので、主砲の旋回角は狭い。だから、三〇度の指示には車体ごと動かす必要があった。

設計者の一員である原部長は戦車隊の隊長だった人だから、現場での戦車運用の問題を熟知していた。この点では、日本の戦車は他国の同時期の戦車設計より有利だったとも言える。

それは直協戦車にも反映されている。イギリス軍は直協戦車が旋回する前に側面に砲弾を撃ち込もうとするが、直協戦車は車高が低いので砲弾は外れ、やっと側面に命中したと思ったら、それも弾かれた。

直協戦車が傾斜装甲なのは、側面からの砲撃にも弱点をさらさないためだ。自分たちが戦術として敵戦車の側面を狙う以上、敵も側面を狙うからだ。そして上面から見ると、直協戦車は車体中央から車体正面に向けて幅が絞られた台形状になっていた。

つまり、直協戦車の傾斜装甲は垂直方向だけでなく、水平方向に対しても傾斜が設けられていたのだ。

車内の野砲を操作するため、傾斜といっても楔型というほど激しいものではないが、一〇度程度の角度はある。これは装甲防御と重量軽減の両立を図るための工夫であり、相手が二ポンド砲程度の対戦車砲であれば十分に意味があった。

直協戦車も後期生産型になると、車体上面から見て台形から四角形になる。これは生産効率のためと、対戦車砲が大口径・高初速化するにしたがい、避弾経始の効果がほぼないことがわかってきたためだ。

しかし、そうした話は後のこと。このマレー半島の戦場では、二ポンド砲は直協戦車の装甲を貫通することはできなかった。

対戦車砲で撃破できない日本軍戦車の登場に、イギリス軍側は混乱に陥った。自分たちもマチルダ戦車のような重装甲の戦車を運用しながら、敵戦車に同じような装甲があることは考えていなかったのだろう。

歩兵の指示により直協戦車の主砲が、近距離からイギリス軍陣地の二ポンド砲を撃破する。ジャングルゆえに直照準でも直撃は困難だったが、野砲の転用であるので榴弾を放つことはできる。至近距離で野砲弾を受けて無事なはずがなかった。対戦車砲陣地が潰されたことで、残りの対戦車砲も直協戦車に砲撃を仕掛ける。しかし、まず車高の低さで命中は難しく、二両からの機銃攻撃でイギリス軍も動けない。

やっと命中弾が出ても、それらは易々と弾かれてしまう。さらに直協戦車の支援を受けて、歩兵分隊も前進していた。

これはイギリス軍陣営にはまずい事態だった。二ポンド砲は徹甲弾しかないという大きな欠点があり、榴弾が撃てないために歩兵戦では弱い。そうでなくても直協戦車は至近距離から野砲弾を撃ち込んでくる。

イギリス軍の塹壕に一群の日本兵が突入すると、ついにイギリス軍陣地は総崩れとなり、撤退というより敗走状態に陥った。

イギリス軍が橋梁《きょうりょう》の破壊さえ行えないまま、侘美支隊は重要拠点を確保した。こうした直協戦車の活躍により、日本は後々この突撃砲ともいうべき直協戦車を量産することになるのであった。

侘美支隊は戦車隊の支援を受けないまま、直協戦車と戊型自動貨車とともに機動戦を続けた。

4

三木輸送隊長が二七機の輸送機で戊型自動貨車を輸送し、再びサイゴンに帰還するのと入れ替わりに、コタバル飛行場に一機の双胴戦闘機が進出していた。

それは陸軍機ではなく海軍機であった。海軍が運用する数少ない陸上偵察機である。

陸軍には司令部偵察機という独自の飛行機があるが、海軍は艦隊決戦を意識していることもあり、そうしたものはなかった。

偵察は水上偵察機か飛行艇が行い、必要なら空母艦載機が行う。基本的に海軍が想定していた偵察は、戦術偵察に過ぎない。

しかし、南方侵攻作戦が具体化する中で、海軍もまた戦略偵察機の必要に迫られた。当初は陸攻の改造も考えたが、それよりも彼らは毒蛇戦闘機の存在に気がついた。これなら陸攻よりも小型で高速で、なおかつカメラも搭載できる。

それを運用しているのは武藤大尉の偵察班だった。コタバルの事前偵察で、毒蛇戦闘機改修偵察機の有用性が確認された。

前回は開戦前なので、コタバルなど限られた領域の偵察だったが、今度は日章旗を掲げての本格的な偵察となる。そのための拠点も確保した。

実際問題として武藤大尉の立場は独特だった。理屈の上では、零戦が運用できる部隊なら、部品の互換性のある毒蛇戦闘機の運用もできる。

しかし、海軍航空隊はまだコタバルには進出していない。なので、毒蛇戦闘機に精通した陸軍の第一一戦隊のお世話になることが決まっていた。

むろん偵察写真分析の情報共有が条件だが、陸海軍協同作戦であれば、情報共有は当たり前だろうと武藤大尉も思っている。

それに周囲が気に病むほど、陸軍航空隊の世話になるのは苦痛でもない。なにしろ航空隊の連中は、練習航空隊の同期や先輩後輩であるからだ。じじつ第一一戦隊の毒蛇戦闘機中隊の中隊長の矢田貝は、武藤大尉と練習航空隊の同期であった。

「本当に武器はないんだな」

矢田貝陸軍大尉は、同期が乗ってきた派生機を興味深げに観察する。

「馬鹿者！　この写真機こそがこの機体の武器なんだぞ」

「失敬、その通りだ。この写真機は大砲並みの打撃を敵に与えるな」

「わかればよろしい！」

矢田貝麾下《きか》の毒蛇戦闘機は生産の都合もあり、二〇ミリ機銃八門型と三七ミリ機銃搭載型が混在している。

最初は初期生産の混乱と考えていた矢田貝だったが、コタバル奇襲の経験から、彼はこの火力の混在をむしろ利点と考えるようになっていた。

初期の毒蛇戦闘機では兵装の換装は機体の改造を伴ったが、隼や零戦ベースの毒蛇戦闘機は、兵装収納部が一つのブロックとなっているので、それを交換すれば兵装換装も難しくない。

いまのところ、それは二〇ミリ機銃八門と三七ミリ機銃の二種類しかなかったが、武藤の写真機ブロックは、この双胴機の戦術的価値を大きく高めるものに思われたのだ。

「まぁ、しばらくは貴様らの世話になる」

「海軍さんでも貴様の面倒くらい、いつでもみられる。それに機体の管理は飛行場大隊だが、ここの連中は信頼できる。華北でも俺と一緒に戦ってきた連中だ」

「歴戦だな」

「でなきゃ、お呼びはかからん。貴様もそうだろ？」

「そうでありたいがな」

武藤は苦笑する。しかし、矢田貝は佗美支隊の迅速な勝利の裏には、武藤が撮影した航空写真の分析が大きく寄与していることを知っている。

小沢治三郎《じさぶろう》長官の肝いりで、航空偵察を海軍が入念に行ったとも聞いているが、陸海軍の独立空軍が生まれなかったことは、あるいは日本陸海軍にはプラスに作用したのではないか。

矢田貝は最近、そう考えることが増えた。それは上官が小柳中佐であり、先日も輸送航空隊の三木隊長に再会したこともあるのかもしれない。

ともかく飛行機の周辺にいる限り、陸海軍の縄張りというものを感じることは少なくなった。その実例が、まさに目の前にいる。

「これからどうするんだ？」

「シンガポールの偵察に向かう」

「シンガポール？　これまたずいぶん遠いな。敵軍の防衛線でも偵察するかと思ったぞ」

「いや、それなら貴様らの部隊で十二分にできるだろ。空の砲兵として敵陣を叩くわけだからな」

「まぁ、そうだが、それならなおさらシンガポールを急ぐ必要がわからんが」

「戦艦だよ。戦艦プリンス・オブ・ウェールズとレパルスの二隻の動向を探らねばならん。あれがシンガポールにいるのか、いないのか。それで輸送船団の動きも違う。最悪、マレー半島東部を南下する友軍部隊が砲撃される危険性もあるだろう」

「戦艦か。確かにそんなのが進出してきたら厄介だな」

「待ち構えている人もいるがな」

「戦艦の進出を待ち構えている人？　艦隊司令長官か？　近藤さんだったか」

「まぁ、近藤さんも戦艦に将旗を掲げているが、待ち構えているのは別人だ。俺たちがよく知る人物、陸攻隊の熊谷さんだよ」

「あの渡洋爆撃のか！　まさか陸攻で戦艦を沈めるつもりか」

「理屈では撃沈できる。そうサイゴンでも言ってたよ」

「理屈では撃沈できる、か。教官らしいや」


二機の毒蛇戦闘機がシンガポールに向けて飛行していた。一機は海軍の偵察機で武藤が操縦している。もう一機は陸軍飛行第一一戦隊所属の戦闘機である。それは矢田貝が部下に命じたものである。

「敵の最重要拠点を偵察するのに、鉄砲も持たずに出撃する奴がいるか！」

それが、矢田貝がエスコート機を出した理由である。

エスコート機を操縦するのは、矢田貝の懐刀《ふところがたな》のような搭乗員らしい。矢田貝としては単なる同期への好意だけでなく、シンガポールならいるであろうイギリス最新鋭戦闘機と毒蛇戦闘機がどこまで戦えるか、それを確認したいという意図もあるようだ。

「スピットファイア戦闘機はなかなか強いって言うじゃないか」

矢田貝は勝つ気満々だった。

シンガポールに接近しているにもかかわらず、迎撃機は現れない。戦闘機二機程度では敵軍も反応しないのか。あるいはそれどころではないのか。

だが戦闘は起こる。二機のイギリス軍機が、たまたま彼らを発見したのだ。

それはスピットファイアではなくハリケーン戦闘機だったが、遠目にはスピットファイアのように見えなくもない。

武藤大尉は敵戦闘機を見ると、まず全速でシンガポールに向かった。武器というか、速度が防御なのだから当然のことだろう。

武藤機が全速を出すと、ハリケーン戦闘機は振り払えた。そして陸軍の戦闘機は、分断されたハリケーン戦闘機の後ろにつくと、八門の二〇ミリ機銃弾を浴びせて撃墜する。

残り一機は状況がわからないまま、戦闘を継続しようとするが、再び反転した毒蛇戦闘機により後ろをとられて撃墜されてしまった。

シンガポール上空で二機の戦闘機が撃墜されたにもかかわらず、増援機は現れない。空戦はシンガポールでも確認されていたが、正常化バイアスのためか、撃墜された二機が日本軍機と思われたために増援機が出なかったのである。

武藤大尉は、その間に軍港に向かう。イギリス海軍Z艦隊の戦艦プリンス・オブ・ウェールズとレパルスの有無を確かめるためだ。

戦艦ほど巨大な軍艦となると、あえて港の直上に至ることがなくても、その存在はわかる。

港には大型の貨物船こそ在泊しているが、戦艦の姿はない。一隻も戦艦はいない。シンガポールをまわってみたが、島のどこにも戦艦の姿はない。

つまり、戦艦プリンス・オブ・ウェールズと巡洋戦艦レパルスは、シンガポールからどこかに出撃した。おそらくは北上している。

武藤大尉は、すぐにこのことをコタバルの基地に打電する。コタバル基地からは陸軍と海軍に、この情報は伝わった。

戦艦がいないことがわかったので、武藤大尉はそのまま偵察機を北上させてコタバルに戻る。

あるいは帰路にZ艦隊との遭遇があるかとも期待したが、天候は必ずしも良好ではなく、彼らを発見することはできなかった。

5

Z艦隊のフィリップス司令長官にとって、日本軍の侵攻は必ずしも意外ではなかった。日本軍による暴発の危険性があればこそ、アジアに貴重な二大戦艦を派遣したのである。

それは日本軍を牽制するためのものではあったにせよ、日本軍が動く可能性は常にあり、シンガポールでもそれに備えた対策は立てられていた。というか、立てるべく議論がなされていた。

そうした文脈の中でZ艦隊の巡洋戦艦レパルスは、オーストラリアに向けて移動していた。

二大戦艦を二つに分離することには反対論もあったが、フィリップス司令長官は強行した。そうしなければならない事情が、彼にはある。

大英帝国の戦艦がイギリス連邦に表敬訪問するのは、不思議でもなんでもないわけだが、イギリス連邦といってもオーストラリアとニュージーランドでは意見が違う。

ニュージーランドは対日強硬派であり、そして安全保障をアメリカに依存しようとし、アメリカもそれには積極的だった。

しかし、より日本の直接的な脅威を受けているオーストラリアは違っている。イギリスからもアメリカからも離れている同国は、日本に対して融和的に動くという選択肢を隠さない。

それは英米に対して、確固たる安全保障を行うという言質をとるための駆け引きではあったが、彼らが独立維持のために独自の判断で動く可能性は少なくない。

だから、巡洋戦艦レパルスをオーストラリアに派遣することで、イギリス海軍の力の保障を、まずオーストラリア市民に示す必要があった。

一方で巡洋戦艦レパルスの航路は、ボルネオ島の南方経由で最短距離を経るのではなく、ボルネオ島の北方ルートからフィリピンに入り、英米の連携を宣言してから、台湾沖を通過してオーストラリアに入るコースが予定されていた。

このコースで日本近海を通過し、日本軍の動きを牽制する。

日本軍が何を考えているにせよ、海上輸送路を巡洋戦艦レパルスという脅威から守る算段が必要となるだろう。あえて巡洋戦艦を選んだのも、機動力を意識してのことだ。

もっとも現状で、この牽制策は必ずしも順調ではない。本当なら大々的にシンガポールから巡洋戦艦レパルスを送り出したいところである。

しかし、アメリカのアジア艦隊のハート大将は、そうした行為が日本に対する挑発行為となることを懸念していた。英米の連携を誇示することも、アメリカの世論を考慮すると難しいとも言う。

最終的にフィリピンに入港して、電撃的に英米連携を宣言するという妥協策がまとまった。日本にイギリス戦艦の動向を把握できないことを認めさせ、その動きに掣肘《せいちゅう》を加えるということだ。

だから巡洋戦艦レパルスがフィリピンに入港するまで、一切その動きを気取られるわけにはいかなかった。

レパルスの密かな航行は成功したかに見えた。しかし、事を密かに進めていたのは自分たちだけではなかった。

一二月八日の深夜、日本軍はマレー半島へと侵攻してきた。それは完全な奇襲であり、コタバルの飛行場は夜明け前には占領されていた。

ともかく情報が錯綜していた。日本軍の空母航空隊が夜襲をかけてきたというものがあり、コタバルには戦車師団が上陸しているという情報もある。

情報を鵜呑みにすれば、戦車師団を擁する大船団が空母機動部隊と行動をともにし、コタバルに上陸してきたことになる。

しかし、そんな大船団など誰も発見できなかった。偵察が無能なのか、そんな大部隊などいないのか？　どちらともフィリップス司令長官は判断できなかった。

だが彼の判断を迷わせる報告が届く。戦闘機隊が日本軍機と交戦したというのだ。

ハリケーン戦闘機は一二機。日本軍の侵攻に備え、後方の基地に集結するためのものだ。

その戦闘機隊が六機の日本軍機と遭遇する。

「メッサーシュミットだ！」

液冷エンジン搭載の戦闘機を、イギリス人パイロットはそう考えた。彼らの頭の中では、日本軍機などいまだ複葉機のはずだった。

そうであるなら、あれはドイツから輸入された戦闘機に他ならない。それが彼らの結論だった。

「初期型のメッサーシュミットなら簡単だ！」

ハリケーン隊の指揮官は、部下にそう告げた。それが士気を高めるためか、単なる驕りかはわからない。

ともかく火力の貧弱な戦闘機と彼は部下に告げた。そして皮肉にも二〇ミリ機銃弾により、真っ先に撃墜された。

ハリケーン戦闘機は実用性の高い戦闘機ではあったが、新鋭の日本軍機とは火力でも速度でも太刀打ちできなかった。

何よりも劣っているはずの日本軍機に、次々と僚機が撃墜されるという事実が、彼らの冷静さを奪う。

逃げようとしても、時速一〇〇キロ近く日本軍機が優勢なので逃れることはできない。

さすがに全滅はしなかったものの、生還機は四機だった。日本軍機の損失はゼロである。

生還機は事の次第を報告したが、「ドイツ軍機を装備した精鋭部隊が投入されている」という報告をしたために、フィリップス司令官は、新たな敵戦力のことを考えねばならなくなった。

敵はいるのか、いないのか？

どちらにしても大問題である。ただ現状ではどう動くべきかといえば、前者の前提で動くしかない。大船団がいるのにいなかったと判断するのと、そうでないのとでは爾後《じご》の戦局は天地ほども違う。

すぐにフィリップ司令長官は、戦艦プリンス・オブ・ウェールズを出動させた。戦車師団を輸送するほどの船団なら、まだコタバル近海で揚陸作業をしているはずだ。ならばいま出動すれば、敵船団を壊滅できる。

問題は巡洋戦艦レパルスであった。ともかく日本軍が侵攻している以上、オーストラリア訪問は中止し、シンガポール防衛にあたらねばならない。

幸か不幸か、レパルスは出動したばかりであり、合流はそう難しくない。後に明らかになるのは、日本軍部隊のマレー侵攻作戦は、大失敗に終わる可能性があったことだ。

というのも、日本船団と巡洋戦艦レパルスはその航路が交差しており、両部隊は最短距離で一〇〇キロの位置にいたからだ。

天候がよくなかったこともあり、巡洋戦艦レパルスのレーダーも日本艦隊を捉えることはできなかった。だから彼らは、日本軍部隊がマレー半島に迫っていることに気がつかなかった。

結果的に、レパルスが何者とも遭遇しなかったことで、イギリス軍は日本軍の動きを知らず、その奇襲を成功させたようなものだった。

むろん、交戦状態にはない日英の船団と軍艦が遭遇しても、レパルスが一方的に日本船団に攻撃を仕掛けることはなかっただろう。だが、日本船団の側も追跡してくるレパルスを追い払うことはできず、作戦は中断せざるを得ない。

そうなれば、マレー侵攻作戦は著しく困難な戦闘を強《し》いられることになったに違いない。しかし、レパルスは去っていたのである。

そんなことは知らないフィリップス司令長官は、巡洋戦艦レパルスの現在位置が意外に近いことを知った。

巡洋戦艦レパルスのテナント艦長は、コタバルへの日本軍侵攻の一報に、自身の判断で針路を反転していたのである。

ただ状況が不明なため、無線通信は封鎖していたのだという。フィリップス司令長官にしてみれば、テナント艦長の判断は適切なものと言えた。

そうなると、戦艦プリンス・オブ・ウェールズと巡洋戦艦レパルスは先に合流して、日本船団にあたるのが合理的と思われた。

日本船団が依然としてコタバル沖合にいるとすれば、二戦艦はマレー半島の東方沖で合流し、そのまま西進してコタバル方面に移動すれば、日本船団を捕捉撃滅できると考えた。

そうして戦艦プリンス・オブ・ウェールズは、北上ではなく北東に針路を切った。

6

武藤大尉のシンガポール偵察の結果は、極論すれば、日本陸海軍部隊に激震をもたらした。シンガポールに在泊中のはずの二大戦艦がいない。しかも、どこにいるかがわからない。

コタバル侵攻後に出撃したとしたら、そう遠くには行っていないはずだが姿がない。

船団を攻撃しようとしているとしても、そろそろ接触があってもおかしくない。

そもそもマレー半島周辺には日本軍部隊が展開しており、戦艦部隊が活動しているなら、わからないということはあり得ないはずなのだ。

だが、現実にZ艦隊の姿が見えない。ともかく日本海軍としては早急の対応を迫られた。しかし、ここで指揮官の対応に差が出る。

まず、南方部隊本隊を指揮する近藤信竹中将の麾下には戦艦二隻があったが、イギリスの最新鋭戦艦と戦うとなると苦戦が予想された。近藤部隊がマレー半島から離れていたこともあり、彼は戦闘は翌日以降と考えていた。

一方、マレー部隊を指揮する小沢治三郎中将は、水雷戦隊と航空隊をもって夜襲を仕掛けることで、Z艦隊を撃滅する計画を立てていた。そのためには、なんとしてでもZ艦隊を探し出す必要があった。

つまり二人の司令長官のうち、近藤は明日考えようとし、小沢は今日のうちに攻撃しようとしていたのであった。

しかし、小沢の采配は予想外の結果を生むこととなった。

7

コタバルに戻って来た武藤大尉を待っていたのは、海軍航空隊からの命令だった。

陸軍基地に間借りしているとはいえ、一応、所属は海軍である。命令は簡単な暗号文であった。陸軍暗号を海軍航空隊も知らないから、こういうことになる。簡単な暗号というのは比較的単純な命令ということだ。

命令を受けた時点で、武藤大尉も命令の中身は想像がついていた。敵戦艦の所在がわからない時に、偵察機が受け取る命令といえば索敵しかない。じっさい命令はそうだった。

「再出撃を頼めないか」

陸軍の飛行場大隊に間借りしている身だ。毒蛇偵察機での再出撃命令を履行しようとすれば、整備や燃料補給を急ぐ必要がある。

「貴様、また出撃するのか？　これからなら戻りは夜だぞ」

矢田貝大尉はそう言うが、武藤も命令である。

「シンガポールに戦艦がいない。二隻とも出撃している。だから再度偵察命令が出た。陸攻隊も動くらしい」

「陸攻というと重爆か」

「まぁ、そうだな」

「わかった。手配しよう」

矢田貝はそう言うと級友のもとを去ったが、すぐ上官の小柳戦隊長のもとに駆けつける。

「イギリス戦艦がシンガポールから出撃しています。海軍は陸攻を飛ばすようです！」

「陸攻ってことは重爆じゃないか！」

彼らが色めき立つのはほかでもない。彼らの所属する第一二飛行団の隷下にある飛行第一二戦隊がコタバルに進出してきたのだ。この戦隊は重爆戦隊であり、つまりは陸攻戦隊と同じだ。

九機で一個中隊。それが三個中隊で戦隊には二七機の重爆がある。当然、重爆乗りたちは洋上航法も雷撃も練習航空隊で学んでいる。

小柳戦隊長は、すぐに飛行第一二戦隊に連絡を入れるとともに、第一二飛行団経由で小沢治三郎長官に「シンガポールのイギリス戦艦攻撃の支援を行いたい」と申し入れる。

わざわざ「シンガポールの」と追加するのは、武藤大尉に不利にならないようにだ。

友軍で飛行場を借りているとはいえ、海軍将校が「外部」に偵察情報を漏らしたとも解釈できるためだ。小沢から行方不明の敵艦隊捜索の協力要請がくれば、武藤に累が及ぶことはない。

ちなみに後の証言によると、小沢治三郎中将が武藤をコタバルに配したのは、まさに海軍情報を陸軍側に伝達するためであったらしい。小沢は小沢で、敵情について陸軍も海軍もないと考えていたので、こうした形で非公式チャンネルを設定したのである。

武藤機の準備を進めるのと並行して、コタバルでは進出してきたばかりの重爆二七機が爆装と雷装を進めていた。

「矢田貝中隊はコタバルに待機し、友軍部隊の作戦支援にあたれ。貴様らがそうして時間を稼いでいる間に、重爆部隊が敵艦隊を攻撃する」

小柳戦隊長が言う。

「わかるか、これは歴史的な出来事になる。陸軍航空隊がイギリス戦艦を重爆で沈めようというのだからな！」

第二部　ウェーク島大激戦（前）

プロローグ　米魚雷艇砲撃

1

昭和一八年、ニューギニア。

ポートモレスビーの戦闘機隊が次々と帰還してくる。日本軍との戦闘を終えての帰還である。

「今日の敵の連中は新兵だけか？　ぜんぜん敢闘《かんとう》精神がない」

パイロットたちは、連合軍戦闘機隊を見るとそのまま帰還した敵の小規模な爆撃隊について語っていた。

「誰なんだ、大規模部隊が攻撃を仕掛けてきたと言ったのは？」

「優秀な日本軍パイロットは逃げ足が速くて、愚鈍な連中が逃げ遅れたのだろうさ」

戦闘機パイロットたちはそうやって笑っていたが、心のどこかで違和感も感じていた。

レーダーは大部隊の接近を告げていたのに、相手は戦闘機・爆撃機を含めて二〇機にも満たない。なにより解せないのは、日本軍パイロットたちに戦闘意欲が感じられないことだった。何かがおかしい。

そんな中で再びサイレンが鳴り響く。

「日本軍大規模戦爆連合が接近中！」

スピーカーが怒鳴り、戦闘機隊は再び出撃する。総勢五〇機ばかりの戦闘機隊が出撃するが、今度も空振りだった。

最初の航空隊は海軍で、今度の航空隊は陸軍だったが、規模はほぼ同じだ。そして敵の連中はまた、すぐに撤退してしまった。

日本軍の意図に彼らが気づいたのは、三度目の攻撃をレーダーが告げた時だった。

「日本軍の大規模部隊が接近中！」

日本軍はニューギニアにいくつも基地を作っていた。しかし、連合軍の拠点はポートモレスビーだけである。

そうして戦闘機隊は出撃するも、三度目の出撃を十分にこなせるほどの整備はなされていないし、搭乗員の疲労も大きい。

そして日本軍はといえば、三度目の攻撃は戦闘機隊のみであった。毒蛇と呼ばれる双胴戦闘機のほかに、零戦や隼が連合軍機に襲いかかる。

連合軍機も果敢に戦おうとした。しかし、機体の不調でエンジン出力が落ちたり、機銃が弾詰まりを起こすような機体も現れる。

そもそもパイロットたちは疲労で集中力が落ちていた。数はほぼ互角にもかかわらず、連合軍戦闘機隊は大敗を喫してしまう。

そして彼らが帰還するのと同時に、双発爆撃機の群れが通り魔のようにポートモレスビーを爆撃する。迎撃機はすでに出せる状態ではなく、多くの戦闘機が地上破壊された。

2

特設巡洋艦有明丸はブナに向かう航路の途中に、何隻か座礁している日本船舶を目撃していた。

「あれが魚雷艇の犠牲者か……」

麻田海軍大尉は、そんな船舶を目にするたびに手を合わせる。

ポートモレスビー攻略については陸海軍での話し合いの中で、なかなか決定打が出ていなかった。つまり、短期的に占領できたとしても北豪からの航空攻撃などは続き、結果的にポートモレスビーを維持するためには、北豪も占領しなければならないという結論になるからだ。

こうした分析に対して、陸軍は明らかに難色を示した。彼らの関心は依然として大陸にある。北豪の占領ともなれば、二個師団、三個師団は必要だ。陸軍としてはとてもではないが、そんな兵力の余裕はない。

しかし、海軍の戦略ではポートモレスビーの攻略は不可欠であった。結果、妥協案として浮上したのが、ニューギニアの要地を占領して航空基地を建設する。航空戦でポートモレスビーを消耗させる一方で、海上輸送路を航空戦力により寸断し、降伏を待つという方針に落ち着いた。

要するに、ポートモレスビーが基地として無力化できるなら、あえて占領する必要はないというわけである。

だが、こうした動きを連合軍が座して見ているわけはなかった。ニューギニアにおける日本軍基地の建設が進んでくると、ポートモレスビーだけでそれらに対峙することは困難になってきた。

じっさい複数の航空基地で波状攻撃をかけ、ポートモレスビーの航空隊を疲弊させる作戦も行われ、大きな成果をあげていた。

ただ、心理戦としては成功であったものの、日本軍にもこの戦術は負担が大きく、継続は難しかった。

そうした状況を連合軍は見逃さず、新たな戦力を投入し始めてきた。それが魚雷艇だった。ニューギニア近海の島嶼《とうしょ》の陰に彼らは拠点を設け、ブナなどに向かう輸送船団を襲撃するようになったのだ。

連合軍の魚雷艇は戦局を転換するほどではないものの、陸海軍司令部にとっては厄介な存在となりつつある。航空哨戒で対応しようにも、発見できればなんとでもなるが、島嶼の陰に隠れると飛行機でも対処は難しい。

そこで呼ばれたのが、麻田大尉らの部隊である。彼らは新編されたばかりの高速艇隊の面々だ。高速艇とは日本海軍版の魚雷艇だが、今回の任務は敵魚雷艇の掃討であるため、魚雷はあえて搭載していない。

その代わり火砲は強化されている。船首と船尾に五七ミリ速射砲がある。五七ミリ砲は陸軍の速射砲だが、かろうじて砲弾を片手で装填できるために速射が期待でき、砲弾の火力も十分と思われた。

野砲を搭載すれば威力は大きいが、さすがに重いし速度も落ちる。速射性にも劣る。別に一〇キロ先に砲弾を撃つわけじゃない。五七ミリ砲こそが手頃なのである。

特設巡洋艦有明丸は四〇〇〇トンほどの貨物船だが、主砲は一〇センチ砲が二門に対空機銃があるだけだった。ただこの一〇センチ砲は商船の武装化を念頭に置いたもので、海軍艦艇のそれとは異なっていた。

それは航空機技術の発達の副産物で、火砲の架台にジャイロが組み込まれており、照準器と火砲が船の動揺とは無関係に常に水平を維持できる。

直照準の砲撃を意図し、比較的近距離射撃を想定しているので、射撃盤も簡便であるが命中率は高い。

それでも魚雷艇を射撃するには、やはり一〇センチ砲は取り回しに問題があった。もともとこの一〇センチ砲は対潜哨戒などを念頭に置いたもので、潜水艦や小艦艇との戦闘を意識していた。魚雷艇などは想定外であった。だからこそ、高速艇が必要とされたのである。

火砲は船尾に二門集中しており、船橋楼も中央よりも船尾側にやや後退していた。結果として船首には広い空間があったが、ここは飛行甲板となっている。

有明丸には、気筒数を減らした統制型エンジンの複座水偵が搭載されている。既存の商船に航空戦力を持たせる意図で搭載された。

海軍独自の航空機ではなく、陸軍の直協偵察機と基本的に同じものである。いわゆるSTOL性能が高いため、狭い飛行甲板でも発艦できた。

船首部が広いといっても程度問題で、一〇〇メートルもない。しかし、船首を風上に向けて全速力で進めば偵察機は発艦できた。

着艦もこの飛行甲板で可能だが、着艦フックなどない。着艦時には飛行甲板にバレーボールのネットのような回収網を広げる。昨今の重量級の空母艦載機では不可能な方法だが、軽量低速の偵察機では問題ない。

単純に船舶搭載の偵察機なら水偵でもいいし、特設巡洋艦では水偵搭載の船も多い。

それなのに有明丸が直協偵察機を載せているのは、陸上基地と特設巡洋艦との連絡や補給のためだ。この機体なら陸軍の航空基地でも着陸できる。

物資の搭載量は一〇〇キロもないとはいえ、船から最前線まで食料や医薬品を運ぶことができるほか、重症者の後送にも活用できた。

これを本格化した船舶には練習航空隊所有の練習船夏山丸があるが、有明丸はそこでの運用経験のいわば応用で、こうした改造がなされたのだ。

有明丸のデリックには四隻の高速艇がつり下げられ、いつでも出動できるようになっていた。

そして夜、有明丸は航行する。もともと貨物船なのでブナに物資輸送を行うことも任務だったので、敵の魚雷艇が現れるまでは補給任務に従事する。つまり、有明丸の独行には囮の意味もあったのだ。

特設巡洋艦有明丸の最初の輸送任務は空振りに終わった。その理由の一つは、航空基地の拡充が敵の動きを抑えたことがある。

船団からの通報で戦闘機が迅速に出撃する態勢ができてきたことで、戦闘機により撃沈された魚雷艇は少なかった。それが彼らの行動に大きく掣肘《せいちゅう》を加えていた。

魚雷艇は昼間の活動を抑制したのだ。

結果的に有明丸は夜間の哨戒を密にし、敵の策動に備える。

敵に備えるのは高速艇だけではない。水偵も出撃準備を整えていた。そして、それは現れた。

「敵魚雷艇、現れました！」

遠くに白波を立てて、四隻の魚雷艇が接近してくる。すぐに偵察機が射出される。

風上に針路を変えたが、敵からは遁走に見えただろう。

デリックからは高速艇が次々と降ろされる。敵の魚雷艇隊にしたら、その高速艇の意味はわからなかったに違いない。夜間であるし、麻田大尉もまだ高速は出していないからだ。

それでも低速で隊列を整えてチャンスを待つ。

「いまだ！」

直協偵察機が照明弾を展開する。いくつもの照明があがり、魚雷艇を浮かび上がらせる。

それでも魚雷艇隊は、まだ状況を把握していなかった。何かの罠とはわかったらしいが、あくまでも商船に突撃する。そして、先頭の魚雷艇の周囲に水柱があがる。

有明丸からの砲撃だった。

魚雷艇が真っ直ぐに有明丸に向かってくるのだから照準は容易《たやす》い。魚雷艇が針路変更を行う前に命中弾が出た。魚雷艇は木っ端微塵となる。

残りの三隻が罠と気がついて反転するタイミングで、高速艇隊は全力でそれを追撃する。

照明弾のため五七ミリ砲の照準はつけやすい。高速艇は魚雷艇というよりも、高速攻撃艇としての意図が強かった。

雷撃も可能だが、島嶼戦ではむしろ汎用性のほうが重要で、対空戦闘も無視できない。島嶼間の連絡や救難など、島嶼戦だからこその用途も多かったのだ。

この点では、米海軍の魚雷艇などとは運用思想がまったく異なっていた。日本海軍は船団護衛に用いることさえ考えていたのだ。

この設計思想の違いは、高速艇の直進安定性にも現れていた。高速で移動する中で船体が上下せず、むしろ海水との揚力で安定するような形状を採用しているためだ。

これは砲撃を行う際に、砲の動揺を少なくする上で重要だった。さすがにこんな小さな船にスタビライザーは搭載できない。

それでも五七ミリ砲を命中させるのは簡単ではなかったが、そこは速射性能に助けられた。

一隻また一隻と、魚雷艇に五七ミリ砲弾が命中する。そして、三〇分としないうちに米軍の魚雷艇隊は全滅した。

クレーンにより高速艇は船尾の飛行甲板に並べられる。高性能だが整備は重要だ。整備の様子を物見遊山に見に来る船員もいる。

「飛行機じゃあるまいし、なんでそんなに整備が必要なのだ？」

それに対して整備員が答えた。

「当たり前だろう。こいつのエンジンは飛行機と同じなんだからな！」

第一章　夏山丸

1

昭和一六年一二月七日。陸軍第二五軍傘下の支援船夏山丸は単独で行動していた。単独行動なのは竣工時期の遅れもあったが、基本的に予備兵力であったためだ。それは別の視点でいえば、正面装備としては使いにくいということでもあった。

夏山丸は陸軍の徴傭船舶で、五〇〇〇トンほどの大型貨物船ではあったが、特に目立つ船ではなかった。速度も並みである。木材運搬船として建造されたので船橋楼は船尾近くにあったが、そういう船だ。

しかし、いまは改造で船橋楼は大幅に小型化され、船尾左舷側にあたかも電話ボックスかのごとく追いやられていた。操舵などの操船のためだけの空間に圧縮された形だ。

これだと右舷方向の見通しがたたないので、そちら側の見張りは拡充されている。ただ五〇〇〇トン程度の船舶で、これがそれほど大きな問題にはなるまいと関係者は認識していた。

右舷船尾には大型のクレーンが寝かせてある。必要なら、これが荷物の出し入れを行う。

この船の特徴は甲板にある。空母のような全通甲板ができている。ただし全長は一〇〇メートルを超える程度で、似ているのは形状だけだ。

本当の空母のように飛行甲板にはエレベーターもある。これは艦載機を移動することにも使えるが、主たる用途は船倉の荷物を運ぶことにある。

飛行甲板に積み上げてクレーンで地上に降ろす。あるいは、その逆を行うためのエレベーターだ。

艦載機は八機。ＳＴＯＬ性に優れた直協偵察機で二名乗りか、あるいは操縦員一名と物資一〇〇キロを輸送できた。統制型エンジンを搭載しているが軽量化のために気筒数を減らし、馬力は低い。

昨今の陸海軍航空隊の飛行機は、練習航空隊により開発が行われるのだが、数少ない例外がこの直協偵察機であった。

陸海軍の航空本部で開発が決定すれば、自動的に練習航空隊が関与することになるのだが、この直協偵察機は陸軍兵器本部の発注によるものであった。

戦場での弾着観測機やそれに伴う部隊と密に連携した偵察機の必要性から計画され、その認識は飛行機ではなく砲兵機材の一つであった。

そのためＳＴＯＬ性は強く要求されたが、滞空時間や速度などはさほど重視されなかった。ただ滞空時間は後から部隊間の連絡用にも使うために、多少は優先順位があがった。

陸軍兵器本部はこれを航空本部と相談し、それにより海軍航空本部も関わることになる。海軍航空本部が関わるようになったのは、当初はあくまでも機材の互換性という観点からだけだった。

しかし、開発を具体化する中で海軍側も関心を示し始めた。これが船団護衛や島嶼戦防衛に価値があるとの認識からだ。

ＳＴＯＬ機というのは、海軍航空にはなかった概念だった。飛行機を飛ばすなら空母という巨艦か、そうでなければ海洋を利用する水上機であり、それで不都合はなかった。

しかし、陸軍のＳＴＯＬ機を前にして、海軍航空関係者はその利点を認めていた。

一〇〇メートル足らずの飛行甲板で飛行機が運用できるなら、艦船と陸上機との直接の連絡が可能になるからだ。

さすがに翼面荷重の増大傾向が軍用機の趨勢《すうせい》の中で、海軍もこれを戦闘機や攻撃機にすることが難しいのは理解していた。ただ島嶼戦などでは、こうした偵察機・連絡機があるならばその重要性は理解できた。

そうした中で南方侵攻計画の準備が進められ、練習航空隊の仲介で直協偵察機は、陸海軍とも同じ呼称でまとめられることになる。

ただそれは、飛行機だけの話ではなかった。陸軍の徴傭船舶——後に改造が大規模で、現状復帰では変換できないため買収となる——である夏山丸とセットで一つの戦力として考えられた。

夏山丸を空母のような全通甲板として、八機の直協偵察機を運用する。ただしそれは空母ではなく、航空機搭載の輸送船のようなものだった。

陸上部隊・基地と艦隊・船団との連絡や緊急補給などを行うことで、海から陸上部隊を支援する。

商船としては強力な無線設備も持つ。しかも陸軍海軍両方の通信を仲介するため、陸海軍の通信隊が乗る。

また飛行甲板に大発を並べ、クレーンで海上に降ろし、迅速な上陸作戦を行うようなことも考えられていた。

計画が具体化する中で、夏山丸は改造工事の時点で陸軍第二五軍司令部の直率の船となり、海軍のマレー部隊からも人が出て、陸海軍将兵により運用されることになったのだ。

陸海軍ともに夏山丸は使えそうな船だという予感はあったが、戦場でどう使うべきかの運用は手探りなことと、ともかくマレー作戦は兵站《へいたん》補給が鍵を握るという認識からだ。

そのため夏山丸は排水量に比較して、軍医や衛生兵の陣容も充実していた。必要なら現場に軍医が行く、あるいは患者を後送するという意図である。

直協偵察機で運べる人間は操縦者を除けば一人であるが、これがなかったらゼロであり、その差は圧倒的と言ってよい。

夏山丸は作戦の都合上、民間船舶のような名称を名乗っているが、船の管理は海軍が担当し、太田海軍中佐が支援船長、直協偵察機は陸軍の石川少佐の担当で彼が飛行隊長だった。

石川は通信科の一部と整備部を掌握するほか、経理部の下士官を一名したがえていた。補給関係の打ち合わせを海軍側と行うためだ。なお、軍医科はすべて海軍側の担当となる。そこまで分けても意味がないし、煩雑になるだけだ。

一二月七日の深夜にマレー作戦が開始され、侘美《たくみ》支隊も順調に前進していることを、太田支援船長や石川飛行隊長は、夏山丸の通信機能を活用して、掌握していた。

公式な戦況報告などは別にあるが、彼らは陸海軍の通信傍受もできるので、全体状況は把握しやすい。さらに航空機無線も傍受できる。こちらは陸海軍航空隊の互換性が高いので航空戦力については、より詳細に把握できていた。

「当面、我々の出番はなさそうだな」

太田支援船長にとって、それは嬉しくもあり、また意外でもあった。航空戦力一つとってもイギリス軍の倍以上はあるとはいえ、なにがしかの形で自分たちへの出動要請があると思っていたのだ。

「まぁ、明日以降でしょう。出動要請があるのは」

石川飛行隊長は、そういう意味では太田よりも状況を楽観していなかった。

まだ侘美支隊は上陸したばかりであり、支援を要請するほど状況は固まっていないというのが彼の認識だ。

この時、夏山丸には陸軍向けに大量の物資が積まれていた。弾薬や食料、燃料の類《たぐい》である。

これらのほとんどは直協偵察機で運ぶのではなく、大発で海上輸送することが考えられていた。

直協偵察機は最大で一〇〇キロしか運べないので、状況次第ではあるが部隊を支えるほどの補給には使えない。

なので作戦運用としては、陸軍部隊の支援があれば大発で物資を輸送すると同時に、部隊の一部を大発に乗せ、海上機動で前進することが考えられていた。

この海上機動に際して、敵情偵察を行うことが直協偵察機に期待されており、その大発と直協偵察機の両方を支えるプラットホームとして夏山丸の存在があったのである。この運用が成功すれば、陸海軍で夏山丸的な船舶の量産も計画されていた。

設計は海軍の担当であるが、太田も夏山丸の支援船長として、その量産型については情報を持っていた。それは驚くような内容であった。

さすがに燃料は重油なのだが、主機はタービンではなくレシプロ式だという。タービンより技術的なハードルが低いからだが、同時にレシプロエンジンなら中小企業でも製造できる。

どうやらこれは、直協偵察機母船だけの話ではなく、戦時標準船の問題ともリンクするらしい。

日華事変から検討されていた戦時標準船は、当初は戦時標準とは名ばかりで、多種多様な形状と工数の減少もほとんどないものだった。しかし、日華事変が拡大していくと船舶需要は拡大し、多種多様な船舶などとは言っていられなくなった。

さらに、陸海軍航空機の規格化・標準化の影響を受けた鉄や非鉄金属メーカーとしても、大量の軍需をさばかねばならない時に、金属の塊である船舶の標準化の遅れは深刻な問題であった。

結局は、海運会社の認識よりも先に周辺の機械メーカーの圧力により、戦時標準船は一種類のみに限定された。それは排水量二七〇〇トンで積載量四四〇〇トンの貨物船で、機関はレシプロエンジンで最大一二ノットというものであった。

これにより艤装品から製造工程まですべてが規格化・標準化される。鉄材の無駄も最小限度となる。

タンカーという問題もあったが、これも標準船をタンカーに改造して対応することされた。二七〇〇トンは小さいが、中規模の造船所でも建造でき、外航船だけでなく内航船としても活用できた。

こうした流れの中で、戦時標準船ではないが夏山丸のような支援船も、可能な限り戦時標準船の艤装品などを用いることになったのである。

夏山丸は外観は空母のようだが、最大速力が一八ノット前後。一応はタービンで動いているが、どっちみち空母にはなり得ない。だから量産型がレシプロで一二ノットが最大でも、直協偵察機を運用する分には大きな影響はないはずだった。

船団護衛に用いるにしても、戦時標準船の速力が速力だから問題はないだろう。

そうして一二月八日の朝を迎えても、状況は変わらない。太田支援船長はそのままマレー半島の東方を南下する。日本陸軍が南下しているので、支援要請があれば即応するためだ。

「爆撃訓練はしているのかね」

太田支援船長は飛行甲板に並ぶ直協偵察機を見ながら、石川飛行隊長に問う。そこには四機の偵察機が並んでいたが、全機に三〇キロ爆弾が装備されていた。

対潜哨戒も任務のうちなので、偵察機には三〇キロ爆弾が搭載できた。しかしこれも、搭載できるというだけで戦力化については未知数が多かった。

「爆撃訓練はしてますが、意外に命中率は高いですよ。爆撃時に失速寸前まで速度を落として、低空から攻撃するのがコツです」

「なるほど」

じっさい偵察機の窓には、手書きで目盛りが描かれていた。石川飛行隊長らが自分でつけたのだ。それは手製の照準器で、つまり本来の機体には照準器さえない。

じつをいえば、この偵察機には機銃さえついていない。そこは賛否両論があったところで、一応、装備しようと思えば軽機は装備できる。

しかし、最高速度で二〇〇キロも出ない飛行機が空戦を行って勝てるはずもなく、勝てるような機体にするならＳＴＯＬ性能は失われる。だから通常は機銃を装備しない。

装備したとしても銃口は下向きで、船舶や地上を機銃掃射するためのものだが、所詮は軽機なので威力は高が知れてる。じっさい石川飛行隊長も、爆弾は搭載しても機銃は搭載していなかった。

そうして待機していたが、夏山丸には支援要請はこない。激戦は続いているようであったが、それでも日本軍の進撃は順調のようだった。

ただ、それだからこそ太田支援船長はマレー半島へと接近する針路をとっていた。

進撃が予定より順調であるならば、どうしても補給の問題が生じるからである。

　夏山丸には大発や直協偵察機のほかに、じつは戊《ぼ》型自動貨車も搭載されていた。海岸から前線まで物資を輸送する必要があるなら、自動車が不可欠となる。

　ただ戊型自動貨車の搭載は、彼らもあまり公にはしていない。マレー作戦で補給が要《かなめ》になることは誰もが知っていた。だから近衛師団や第五師団は、日本陸軍屈指の自動車化歩兵師団となっている。

　それでもやはり、自動車があって困るはずもない。必要なら部隊に貸与する――なにしろ国有財産だから管理はいい加減にできない――準備はできていたが、夏山丸に載っている一〇台足らずの自動車など大海の一滴に過ぎない。だから、本当に重要と見極めがつくまで手の内は明かさないのである。

　そうした中で昼を過ぎた頃に、太田支援船長は意外な命令を受ける。それについて、彼は石川飛行隊長に相談しなければならなかった。

「シンガポールのイギリス戦艦が二隻出撃したようだ。現在位置は不明。これを早急に探し出さねばならない。さもなくば、第二五軍の補給路は寸断される恐れがある」

　それは現実をかなり端折《はしょ》った説明だったが、石川飛行長はすぐに状況を理解した。

同時に太田支援船長の要請には応える決心をする。

夏山丸の一つの問題は、基本的に彼らは第二五軍の支援を行うという前提であり、海軍の要請で動くことを想定していない点にあった。

これは指揮系統の問題にかかわるが、第二五軍司令部の傘下にあるため、太田が石川の要請で動くことになっていた。それが逆方向の流れになったのだ。

しかし、いずれにせよ「命令」ではなく「要請」であり、石川は論難することなく太田の要請にしたがった。二人の個人的な信頼関係と、イギリス戦艦を放置することの危険性は、陸軍将校とてわかるからだ。

「敵戦艦の推定位置はわかりますか」

石川飛行長の質問に太田支援船長も表情を曇らせる。

「それがどうもはっきりしない。本来であれば、敵の攻撃を受けた船団がいてもおかしくないはずだが、そんな報告はない。

だが、シンガポール近海にもいない。そもそも何を目的としているかがわからん。いまだに攻撃を仕掛けてこないとすると、セイロンかどこかに脱出し、捲土重来《けんどちょうらい》を考えている可能性もある」

「まぁ、ともかく探すことですな。我々の周辺にいないことがわかったら、それはそれで捜索範囲を絞り込むことができる」

海上での索敵は、練習航空隊において陸海軍将兵なら誰でも学んでいる基本技能であった。だから八機の直協偵察機はそれぞれの役割分担の海域に飛び立っていった。

2

「レーダーが接近中の物体を捉えました」

巡洋戦艦レパルスのテナント艦長は、レーダー室の報告に「来るべきものが来たか！」と最初は思ったが、詳細を聞くにしたがい首をひねった。

「這うような速度だと？」

「はい、時速にして五〇ノット程度です」

五〇ノット程度というと、時速に直せば一〇〇キロ程度。自動車でも出せる速度だが、飛行機としては遅すぎる。日本軍の航空機技術は欧米より遅れているだろうが、それにしても五〇ノットは遅すぎる。

「それは本当に飛行機なのか」

「海鳥の可能性もありますし、気象の影響かもしれません。おおむね同じ方位に位置しておりますので」

レーダー室はレーダーに反応があったから、規則としてテナント艦長に報告したものの、それがなんであるかはわからなかった。報告を受けるテナント艦長も同様だ。

「とりあえず監視を怠るな」

テナント艦長としては、ほかに命令のしようもない。ともかく日本軍が活動している以上、放置もできないではないか。

テナント艦長としては、針路を変更してその正体を確かめることもできなくはなかった。しかし、彼は戦艦プリンス・オブ・ウェールズとの邂逅《かいこう》を急がねばならなかった。

気象がらみの何かのために邂逅を遅らせるなど本末転倒だろう。だが、やがて彼は見張員の報告を受ける。

「航空機接近中！　敵機と思われる！」

夏山丸を発進した直協偵察機の一機は、それを意図したわけではなかったが、偶然にも巡洋戦艦レパルスに向かって飛行していた。天候に恵まれているとはいえなかったが、それでも戦艦が単独で航行しているなら識別はできた。

それよりも巡洋戦艦レパルスの乗員たちのほうが、直協偵察機を発見するのは難しかっただろう。小さくて遅いため、彼らの知る軍用機の飛び方とは違っていた。

この時、偵察機の搭乗員は二名であった。操縦員と偵察員である。

「いたぞ。あれが敵戦艦だ！」

偵察員は、すぐに夏山丸に現在位置と敵戦艦を発見したことを伝える。ただ彼らは陸軍の人間であるため、自分らが目撃した戦艦がなんであるのかまではわからなかった。

これはそれほど不思議ではなく、艦種識別は海軍将校でも簡単なことではない。すぐに海軍側の人間と無線通信が交わされるが、砲塔の数は巡洋戦艦レパルスも戦艦プリンス・オブ・ウェールズも三基で変わらず、主砲が四門か連装かの識別は、遠くてわからなかった。

それよりも二隻いるはずの戦艦が本当に一隻なのかという点を、偵察機側は執拗に確認された。

「二隻いるはずって言ってますが、二隻目は見えますか」

「お前に二隻目が見えないのに、俺に見えるわけがなかろう。ここにいるのは一隻だけだ！」

ともかく偵察機はそのまま巡洋戦艦に接近する。巡洋戦艦は敵偵察機だとわかると速度を上げたが、結果的にそれは彼らには凶と出た。

巡洋戦艦は激しく対空火器を撃ってくる。撃ってくるが、この時、偵察機と速力を上げた巡洋戦艦との相対速度差は、時速にして五〇キロ程度に過ぎなかった。

世界でも有数の高速軍艦と、世界でも屈指の低速飛行機の邂逅が招いた現象である。そのため巡洋戦艦レパルスの対空火器は、ことごとく命中しない。

照準器はあるのだが、設定してある敵機の速度は直協偵察機ほど低速ではないためだ。だから、照準を定めれば定めるほど命中しない。

機関銃なら照準は容易であるし、低速目標には有利だが、残念ながら飛行機には届かない。

もっとも、これは客観的に見ればの話だ。銃撃するほうはもちろん撃ち落とすつもりであり、狙われている偵察機側は生きた心地がしない。

練習航空隊起案の戦闘機や爆撃機は、乗員養成の困難さがわかっているから、操縦席周辺に防弾装甲を施すようなことが考えられていたが、陸軍兵器本部起案の直協偵察機は「ＳＴＯＬ性能命！」な飛行機であるため、装甲板などなかった。

そもそも全金属機ではなく、鉄パイプに一部は布張りという構造である。敵戦艦の正体を明らかにするために肉薄を試みたが、対空火器は重厚で、搭乗員二名ははっきりと死を覚悟した。

しかし、銃弾は当たらない。

「敵戦艦の砲塔は三基とも主砲が二門！」

偵察員はそれを確認すると、すぐに夏山丸に打電する。その間に操縦員は、爆弾を投下することを考えていた。爆撃で敵を牽制するのと身軽になるためだ。

爆弾を投下しても軽くなるのは三〇キロ程度だが、直協偵察機ではこの三〇キロが大きいのだ。

操縦員は艦橋に爆撃しようと考えた。機銃座の一つを潰しても牽制にはならないが、指揮中枢を潰せば敵は大混乱に陥る。

爆弾の威力と戦艦の防御力を考えれば実現性は疑問だが、理論的には間違っていない。

そして低速の飛行機は、低速ゆえに爆撃には有利な面もある。相対速度をゼロにしての爆撃が可能だからだ。それなら真上から低空爆撃すれば、爆弾は風に流されることもなく命中するではないか！

実際問題として、対空防御火器もマストの直上みたいな場所は、近すぎて撃てない死角になっていた。

直協偵察機はそこから三〇キロ爆弾を投下し、艦橋構造物に見事に命中した。

しかしながら艦橋構造物は鉄の城みたいなものであり、三〇キロ爆弾程度では壊れない。爆撃を終えた操縦員も、あんな鉄の塊に爆弾が通用するとは内心では思っていなかった。

ともかく身軽になり、敵の正体も確認できたので直協偵察機は帰還する。なにしろこの飛行機は、航続力も高くないのである。最前線での弾着観測を考えての飛行機に、それほどの航続力はいらない。

直協偵察機はこれで去って行ったが、彼らは自分たちのなした仕事の重要性にまだ気がついていなかった。

3

「レーダーを破壊されたぁ⁉」

テナント艦長には、その報告が信じられなかった。あのふわふわ飛ぶだけの飛行機が投下した爆弾で、よりによってレーダーが破壊されたとは……。

「正確にはレーダーアンテナの破壊です」

「同じことだ。レーダーは使えんのだろ」

「そうですが……」

さすがにテナント艦長も状況の不条理さには腹が立ったが、それをレーダー室にぶつけるほど子供でもなかった。強《し》いて言うなら、対空火器で撃墜できなかった点に責任はあるが、あんな低速の飛行機など想定外だ。

テナント艦長は、状況を戦艦プリンス・オブ・ウェールズのフィリップス中将に報告しようとするが、爆撃の影響を受けたのはレーダーアンテナだけでなく、無線アンテナも損傷を受けたらしい。

通信はできているようだが、安定した通信は維持できない。それに、テナント艦長も敵が近いのに電波を出し続けることの不利は理解していた。

「ともかく邂逅を急ぐことだ」

テナント艦長は、そう結論した。彼らにそれ以外の選択肢はなかった。

4

この時、すでにコタバルには第三飛行団の隷下にある飛行第一二戦隊が進出していた。この戦隊は重爆戦隊であり、九機で一個中隊。それが三個中隊で戦隊には二七機の重爆がある。

陸軍の重爆隊とはいえ、重爆乗りたちは洋上航法も雷撃さえも練習航空隊で学んでいる。

進出と同時に燃料補給と整備を進めていた第一二戦隊の木沼戦隊長のところに、第一一戦隊の小柳中佐がサイドカーでやって来た。

「お久しぶりです、教官！」

木沼も小柳と同じ陸軍中佐だが、小柳のほうが「軍縮とかあって」年長者なのと、練習航空隊の教官であったため、木沼らの世代は小柳中佐を見ると反射的に「教官」と呼んでしまうのであった。

「木沼なら話が早い。イギリス戦艦を仕留めたくないか」

「イギリス戦艦？」

怪訝《けげん》そうな木沼戦隊長に小柳は、毒蛇戦闘機改修偵察機でシンガポールを偵察した武藤の話をする。その結果、シンガポールの二大戦艦が出動して現在行方不明であると。

「それを探しだして撃沈する。陸軍航空隊が敵戦艦を撃沈する。どうだ、面白いとは思わんか」

「それは海軍航空隊でマジノ線を抜くような話ですな」

二人はすぐに細目を打ち合わせ、同時に小柳は第一二飛行団経由で小沢司令長官にも敵戦艦撃破の協力を申し出て了承される。もちろん、武藤が情報を漏洩《ろうえい》したなどと言われ、彼が不利にならないようにだ。

小柳の案は、第一一戦隊の双胴戦闘機を索敵に出し、それが敵を発見するのと呼応して、第一二戦隊が動くというものだった。

だが、その計画はすぐに中止となった。夏山丸より陸海軍航空隊に対して、巡洋戦艦レパルスを発見したとの一報が入ったからだ。

「これは、我々のほうが敵に近いのでは！」

木沼戦隊長はそれに運命的なものを感じた。仏印の海軍航空隊より、コタバルの自分たちのほうが敵戦艦にはるかに近いのだ。

すぐに飛行団からは第一一航空戦隊と第一二航空戦隊に出撃命令が下り、準備にかかる。重爆と戦闘機による戦爆連合だ。

命令が迅速に出たのは、飛行団も陸軍航空隊によるイギリス戦艦撃沈に期待する部分があったのだろう。

戦闘機隊はとりあえず出撃できるのが、毒蛇一二機を含めて三六機、重爆は二七機すべてが出撃する。

ここで関係者の誰もが予想もしないことが起こっていた。

スコールのために戦艦プリンス・オブ・ウェールズを目視できるものはいなかった。しかし、戦艦プリンス・オブ・ウェールズは自身のレーダーにより、第一一戦隊と第一二戦隊の戦爆連合が巡洋戦艦レパルスのほうに向かっているのを察知した。

フィリップス中将は巡洋戦艦レパルスに対して、日本軍機への警戒を呼びかけた。

しかし、なんの反応も返ってこなかったが、彼はそれを不思議には思わなかった。

すでに日本軍機により発見されているため、無線封鎖を行っていると考えたのである。つまりフィリップス中将は、直協偵察機に発見されたことは知っていたが、レパルスが爆撃を受けてアンテナを破壊されてからのことは何もわかっていなかったのである。

なので自分たちの通信は、巡洋戦艦レパルスに届いていると考えていた。そしてフィリップス中将は、自分たちは再びシンガポール方面に、つまり現在位置より南西方向に移動すると告げた。

しかし、当然のことながらこの通信は巡洋戦艦レパルスには届かない。彼女はそのまま西進を続け、戦艦プリンス・オブ・ウェールズとの邂逅を急いだ。結果として二戦艦の距離は急激に開いていった。

戦爆連合は戦艦プリンス・オブ・ウェールズの存在には気がつかないまま、巡洋戦艦レパルスに向かっていく。そしてレパルスもまた、敵の接近を知らないまま、当初の針路を進んでいた。

テナント艦長があえて針路変更を試みなかったのは、日本軍機の性能をかなり低く見積もっていたためだ。

ドイツと二年、戦争をしているが、ドイツ空軍により沈められた戦艦は存在しないのだ。したがって、航空機技術で劣る日本が自分たちの戦艦を沈められるはずがない。

日本軍機が脅威にならないなら戦艦プリンス・オブ・ウェールズとの邂逅を急ぐべき。よしんば日本軍機がそれなりに脅威であるとしても、ならばこそ戦艦プリンス・オブ・ウェールズとの合流が重要になる。

だから見張りが戦爆連合を発見した時、彼は驚きはしなかったが忌々《いまいま》しさは感じた。あと少しで戦艦プリンス・オブ・ウェールズと合流できるはずなのに。

「戦艦プリンス・オブ・ウェールズはどうなっているのか」

テナント艦長は、そこではじめて僚艦の行動に疑問をいだいた。どう考えても戦艦プリンス・オブ・ウェールズのレーダーはこの編隊の存在を知っていたはずなのだ。

だが、いまさらそんなことはいい。敵は目の前だ。

「対空戦闘はじめ！」

5

巡洋戦艦レパルスを発見した戦爆連合で最初に攻撃を仕掛けたのは、第一二戦隊の重爆隊ではなく、第一一戦隊の毒蛇戦闘機隊であった。彼らは馬力にものを言わせて爆装していたためである。

巡洋戦艦の乗員たちは攻撃されることよりも、その双胴の戦闘機の姿に肝をつぶした。あれはなんなのか？

しかし、驚いてばかりもいられない、それらは急降下して、明らかに爆撃の姿勢を示そうとしている。

対空火器はそれらの戦闘機に対して銃口を向けるが、先ほどの偵察機があまりにも低速過ぎたために機銃員たちはそのつもりで照準を合わせていたが、皮肉にもやってきた戦闘機は群を抜いて高速であった。

機銃員たちはすぐにそのことに気がつきはするが、時はすでに遅かった。

双胴の戦闘機は急降下しながら、二五〇キロ爆弾を次々と投下し終えていた。

さすがにそれらは対艦用の徹甲爆弾ではなかった。第一一戦隊にせよ第一二戦隊にせよ、彼らは対艦攻撃の可能性など考えていなかったからだ。したがって、それらは通常の陸用爆弾であった。

対空火器が一時的に無意味化していたため、急降下爆撃の命中精度は高かった。命中率は七割近い、八発の爆弾が命中した。

これで巡洋戦艦レパルスの船体が大きく傷つくようなことはなかったが、高角砲や対空機銃には相応の損傷が出ていた。それらにも防盾《ぼうじゅん》はあるとしても、爆弾の至近距離での攻撃には耐えられない。

爆弾で巡洋戦艦の航行にはさほどの影響はなかったものの、対空戦闘力は大幅に落ちていた。それも両舷で落ちているわけではなく、進行方向の関係で、左舷側の対空火器がより深刻な損傷を受けていた。

重爆隊はその左舷方向から攻めてきた。そちらの対空火器密度が低いのは明らかだからだ。

重爆隊は大型爆弾を搭載していたが、これらは毒蛇戦闘機隊が装備していた通常爆弾とは異なっていた。

対艦攻撃は考えていなかったが、陸海軍のカリキュラムの共通化とマレー作戦の性格から、爆撃隊は陸軍でも一回分の徹甲爆弾と魚雷は定数として含まれていたのである。

徹甲爆弾については、要塞などの堅陣を粉砕するのにも活用できるため、無駄ということはなかった。ただし大陸での重爆隊は、さすがに定数でも魚雷の配備はない。

これはあくまでもマレー作戦という特殊状況による配備であった。この点は第一一戦隊とは状況が違う。戦闘機戦隊には通常爆弾しか定数に含まれていない。

なので飛行第一二戦隊の重爆は、対艦攻撃の準備はしていなかったものの、基本戦技として一回分の出撃は可能なようになっていた。海洋も作戦として攻撃領域に含まれていたためだ。それがいま功を奏した形だ。

重爆は急降下爆撃機ではないため水平爆撃となる。急降下爆撃より命中率は劣るとしても、五発の徹甲爆弾が命中し、巡洋戦艦レパルスの艦内で爆発した。

それでも巡洋戦艦は航行可能であったが、艦内では火災を生じ、戦闘力は大幅に下がっていた。特に三番砲塔は旋回不能となっており、火災の被害も深刻で、一つ間違えれば火薬庫に誘爆しかねない有様だった。

重爆隊には、なお六機の雷撃隊が残っていた。雷撃隊は教科書的に左右両舷から巡洋戦艦を挟撃しようと三機ずつに分かれた。

ただこれが良い判断だったかどうかは、わからない。なぜなら右舷側の対空火器は比較的無傷であったからだ。

接近してくるのは三機のみ。右舷の対空火器はその三機に火力を集中しようとした。

しかし、最初は激しく砲弾を放っていた対空火器は、ある段階から沈黙する。左舷側の火災により電源が切れたのだ。

右舷側の対空火器は決して無駄ではなく、三機の雷撃機のうち一機を確かに撃墜してはいた。

だが残りの二機はそのまま雷撃を実行し、そのうちの一発は巡洋戦艦に命中した。

ほぼ同時に左舷方向の三機も雷撃を実行し、こちらも二発が命中した。この雷撃が巡洋戦艦レパルスの致命傷となった。

左舷の火災はこの雷撃により、もはや鎮火不能な段階に到達した。火災の熱で船体の鉄も弱くなり、一部が水圧に耐えきれず浸水が始まる。

それが引き金となり、巡洋戦艦レパルスは急激に傾斜する。右舷側の罐と機械はまだ動いていたため、浸水は状況をさらに悪化させた。

テナント艦長は、ここに至って総員に退艦を命じ、自分は艦と運命をともにする。

この時、巡洋戦艦レパルスからは被害状況が打電されていたのだが、無線装置の不都合は復旧しておらず、戦艦プリンス・オブ・ウェールズは僚艦の沈没について何も知らないで終わった。

ともかく「航行中の近代的な戦艦を航空機は撃沈できるのか」という世界中の海軍関係者の議論は、日本陸軍航空隊により結論が出された。

つまりは「可能である」ということだった。

第二章　戦艦プリンス・オブ・ウェールズ

1

「巡洋戦艦レパルスを発見だと！」

サイゴンの熊谷大佐は、夏山丸からの報告が最初は信じられなかった。彼は報告を受けると、すぐ海図に向かう。

「なんてこった」

熊谷大佐は嘆息する。コタバルに向かう船団と巡洋戦艦レパルスの航路は交差していた。

サイゴンの熊谷にとっては、どちらの航路も推定を含むが、それにしても数分の差で、互いに相手に気がつかなかったため、Z艦隊の所在を見失っていたことになる。

それだけではない。小沢部隊の水上艦艇はZ艦隊と互角に戦えるほど強力ではない。つまり、遭遇戦になっていたなら、陸軍のコタバル上陸は失敗していた可能性が高いのだ。

その意味ではZ艦隊を見逃したことは、大局的には日本にとって幸運だったと言える。

「ともかく敵戦艦を攻撃する。単独行動の可能性は低い。もう一隻の戦艦プリンス・オブ・ウェールズも近くにいるはずだ!」


陸海軍の航空機運用について、練習航空隊の誕生により機材や人材はかなりの共通化・標準化が進んできた。ただ海軍と陸軍の違いゆえに、部隊運用のすべてが同じとはならなかった。

これには仕方がない事情もある。陸海軍航空隊で、互いに相手の制度に利点を認めたとしても、人事や昇給などの面で他部門との整合性という問題が生じるからだ。

練習航空隊出身の将官は、まだいない。それもあって陸海軍将校で練習航空隊の卒業生でも、航空畑だけやっていればすむわけではなかった。軍令部や参謀本部、陸軍省、海軍省などの官衙《かんが》に異動することも珍しくはない。というか、それが人事の常道であった。

それでも必要と判断されれば、陸海軍で同じ制度を活用する方法を模索することも行われる。空地分離がそうだった。

陸軍が先に導入し、いわゆる軍用機を飛ばす航空隊と飛行場を維持管理する飛行場大隊を分離し、空地分離を実現していた。こうすることで、航空隊はそれぞれの飛行場に自由に進出できる機動力を確保できる。

対する海軍は空母に代表されるように、基地と航空隊は不可分なものであった。この場合、航空隊に大きな損失が出ると、基地が無事であったとしても航空隊すべてが交代になるという不都合があった。

それでも海軍航空隊が空地分離で遅れていたのは、やはり人事の問題だった。航空基地を飛行隊込みで一つの単位として扱えるなら、それは組織構成としては軍艦の艦内編成に等しい。

正確には、海軍官衙は軍艦の艦内編成を基本として構成されている。だからすべての部隊がそういう構造であれば、人間が動かしやすい。

逆に空地分離を行うとなると、従来よりも色々と手を加えるべき制度が出てくるのである。

しかし日華事変以降、海軍当局もようやく重い腰を上げ、昭和一六年から航空隊は基地機能の維持から解放され、基地機能は基地隊が担当することとなった。

陸軍の飛行場大隊と異なる点は、基地隊は海軍設営隊が中心となって維持管理を行う、海軍省の組織ということだ。兵科将校の人事管理の問題は、航空隊を分離することで手間を軽減し、基地隊は将校相当官の海軍士官で編成する。

ただ、現時点での基地隊にも問題はある。一つは防空担当の対空火器の部隊が、基地隊の指揮下に入っていないことだった。組織編成上は、防空隊も航空隊と同様に基地隊が支える体裁になっている。

このあたりのことは海軍もわかっており、基地隊の編制については改善の余地があることを認めていた。

ただ、兵科将校を指揮官とするような編制では、指揮官不足という問題が生じるため話は単純ではない。基地隊を兵科将校抜きで編制した理由の一端は、そこにもあった。

そのため練習航空隊では、航空隊や基地隊の指揮官となる人材だけを育成するようなカリキュラムも検討されるとともに、各部隊指揮官の階級を下げることも検討されていた。

例えば従来は、空地分離前の海軍航空隊の司令官は少将であったが、それを大佐および少将にするという形である。

海軍を支えている現在の中佐・大佐は、頓挫した八八艦隊計画をあてこんで増員した海軍兵学校卒の人間たちだ。その後、海兵の定員は縮小されているため、分隊長クラスの少佐・大尉が不足していた。

海兵や陸士は日華事変以降、再び人員を増やしているが指揮官不足は否めない。

技術士官や極端な話、短期現役制度で基地隊などを維持できるなら、それは海軍（人事局）にとっては魅力的な話なのである。

とはいえ、現状は不完全な形でも空地分離を進めるよりなかった。

三六機の陸攻はサイゴンから問題の海域へと向かった。熊谷大佐の指揮機だけは、無線装備が充実していた。隊長機は陸軍との通信も行う必要があるからだ。

ただ彼はこの時点においては、陸軍航空隊との連絡の必要性を考えていなかった。サイゴンの自分たち以外に対艦攻撃を行える部隊などないと思っていたためだ。

だからあと少しで現場に到着するかという時に受けた通信員からの報告は、まさに青天の霹靂《へきれき》であった。

「陸軍の第一二飛行団の第一一および第一二戦隊が、巡洋戦艦レパルスを撃沈したそうです！」

「なんだと！　何かの間違いではないのか」

「通信文には間違いがありません！」

そうだろう。この内容なら通信員がまっさきに確認するだろう。

熊谷は大佐に昇進し、陸攻航空隊の隊長になったが、よもや陸軍航空隊が先に巡洋戦艦レパルスを仕留めるとは思ってもみなかった。

ただ練習航空隊の元教官としては、意外の念こそあれ、驚きがないのも事実である。なにしろ陸軍航空隊の重爆乗りたちに対艦攻撃を教えたのは自分であり、その技量の高さも知っているからだ。同じ日本人であるのだから、海軍の人間にできることは陸軍の人間にもできるのだ。

もっとも、陸軍航空隊も対艦戦闘に従事するというのは、暗黙の了解として来航する米太平洋艦隊から本土防衛を行うためのものであって、日本が南方に進出する局面でのものではなかった。

とはいえ、現実は現実である。それよりも自分たちはこれからどうすべきか？

発見されたのは巡洋戦艦レパルスであり、それは沈められた。しかし、まだ戦艦プリンス・オブ・ウェールズが残っている。それがどこにいるかはわからないが、そう遠くにはいないはずだ。

　奇縁というか、陸軍の第一一戦隊は小柳元教官の部隊であった。そのためか、彼は状況の詳細を伝えてくれた。さすがに航空畑が長い人だけに、簡潔な内容ながら必要な情報はすべて含まれていた。

　そして、第一一戦隊も第一二戦隊もコタバルに帰還するという。爆弾も魚雷も使い果たしたのと、彼らの本来の任務は陸軍部隊の前進支援であり、艦隊攻撃ではないからだ。

　ただそこには、自分たちが一隻仕留めたから残り一隻は海軍にという、小柳なりの花を持たせる意図も感じられた。

「巡洋戦艦レパルスがあんな針路をとっていたのは、なぜだ？」

「合流が目的では？」

　隊長付の下士官が返答する。副長は別の機体に乗っている。指揮系統の全滅を避けるためだ。

「合流かぁ」

「理由は不明ですが、レパルスが単独行動をしていて、戦艦プリンス・オブ・ウェールズとの合流を急いでいた。だが戦艦プリンス・オブ・ウェールズは陸軍航空隊の動きを察知して反転、レパルスはそのままの針路を維持したと考えれば辻褄《つじつま》はあいます」

「どうやって陸軍航空隊を発見する？」

「哨戒機を飛ばしていたのでは。あの天候では陸軍側も飛行機一機なら発見できないかもしれません。しかし、大編隊は発見できる」

「レパルスには連絡しないのか」

「レパルスにも偵察機があると考えたのか、報告はしたがレパルスは傍受していなかったか、あるいは邂逅《かいこう》を急いでいたのであの針路だったのかもしれません」

邂逅を急いであの針路はないと熊谷隊長は思う。それなら陸軍航空隊が発見しているはずだからである。

だとすると、戦艦プリンス・オブ・ウェールズはレパルスとの邂逅を諦めたのではないか？

二大戦艦の間でどんなやり取りがあったかは不明だが、ともかく二隻は邂逅しようとはしていない。

「あの場からシンガポールに戻るとしたら、どうする？」

北上していれば、自分たちに発見されていただろう。ならば南下となるが、あの海域で南下して向かうとすれば、シンガポールくらいしかない。

熊谷はこの考えにしたがい、針路変更を全機に命じた。

そうして飛行することしばし、彼らは眼下に戦艦プリンス・オブ・ウェールズが航行するのを目撃した。

2

「日本軍機らしき編隊が接近中！」

フィリップス中将はその報告を受けた時、それを巡洋戦艦レパルスに向かっていた編隊と考えた。陸海軍の航空隊が時間差で襲撃してくると考えるより、同じ航空隊と考えたほうが自然である。

ただこの判断には、多分にフィリップス中将の願望も含まれていた。日本軍と戦闘をしたはずの巡洋戦艦レパルスからは、なんの音沙汰もない。さすがに撃沈されたなどとはフィリップス中将も考えていないが、ただ音信不通という事実には、胸騒ぎを覚えさせるものがある。

その日本軍航空隊が現れたことに、彼は脅威ではなく安堵を覚えていた。

日本の航空戦力は自分たちより劣っていると彼は考えていたので、それらは巡洋戦艦レパルスをどうにもできなかったため、自分たちを攻撃しに来たと解釈したのである。

すぐに戦艦プリンス・オブ・ウェールズの対空火器は、日本軍が来るであろう方角に向けられた。天候はあまりよくなかったが、戦艦プリンス・オブ・ウェールズの乗員たちは、そんなことを気にしなかった。

レーダーでは、すべての日本軍機が左舷方向から、つまり進行方向から直進してきた。それは肉眼でもある程度は確認できた。

だが、そこで予想外のことが同時進行していた。

熊谷大佐はレーダーのことは何も知らなかった。ただ、水平爆撃と雷撃を同じ方向から集中して行うことで、対空火器を分散させることを考えていた。なので雷撃隊と水平爆撃隊は、同じ方向から進行していた。

しかし、この時代のレーダーは相手の高度を把握することができなかった。戦艦プリンス・オブ・ウェールズの対空火器戦闘員は、海面付近がスコールなどで視界が悪いこともあり、上空の水平爆撃隊が日本軍機のすべてと考えた。

レーダーも同じ方向からしか敵機が来ないから、水平爆撃隊が敵のすべてと考えた。しかも雷撃隊は、高度一〇メートル以下という信じがたい高度で雷撃準備にかかっていた。

ほぼすべての対空火器が水平爆撃隊を向いていたため、雷撃機隊は戦艦プリンス・オブ・ウェールズに対して、驚くほどの至近距離まで接近することができていた。

「なんだと！」

対空火器要員たちには、雷撃隊が靄《もや》の中から突然現れたように見えただろう。すでに近すぎてレーダーでは捉えようもなく、彼らの最初の思い込みを訂正する機会は奪われていた。

水平爆撃隊の陸攻の中には対空火器により撃墜された機体もあった。しかし、雷撃隊は対照的に無傷であった。

しかも戦艦プリンス・オブ・ウェールズは雷撃隊を回避するような行動を一切とっていなかった。

雷撃隊は一斉に魚雷を投下し、一機も欠けることなく原隊へと戻っていく。戦艦プリンス・オブ・ウェールズが雷撃隊の発見に遅れたのは、水平爆撃隊のためもあった。

先に攻撃を仕掛けていた水平爆撃隊の爆弾は、戦艦プリンス・オブ・ウェールズに対して七発命中という驚異的な数字を叩き出していた。

それらはすべて徹甲爆弾であり、戦艦プリンス・オブ・ウェールズの各部に深刻な影響を与えていた。戦艦プリンス・オブ・ウェールズ全体で見れば、ダメージコントロールに忙殺されていたタイミングでもあった。

フィリップス中将は日本軍機の能力を過小評価していたため、いざ爆弾が命中し、甚大な被害を出すに至って思考停止状態にあった。もともと聡明な人物なので、それでもいずれ状況を正しく認識できたかもしれない。

だが、その時の彼らには状況を正しく認識するための時間的余裕などなかった。

そうした状態での雷撃である。こちらも四本の魚雷が命中したが、ある意味で致命的だったのは艦尾に命中した魚雷だった。

その魚雷は、まず舵機を不調にした。ただ人海戦術で艦尾の操舵室を動かせば針路変更は可能だった。

ところが、この騒ぎのためにもう一つの損傷が見逃されていた。それは雷撃の衝撃でスクリューシャフトが曲がったことだった。船体は確かに満身創痍であったが、機関部はまだ動いていた。

戦艦プリンス・オブ・ウェールズの艦長は、ともかく日本軍機から逃れるために遅まきながら速力を上げていた。

しかしスクリューシャフトが歪んでいたため、シャフトを高速回転させればさせるほど、シャフトを通している船体の穴がシャフトに削られ、水密が保てなくなっていた。

そして、スクリューを支える軸がこの振動で破断し、さらに拡張された穴から機械室に大量の海水が流れ込み、それは機関部に拡大してきた。

雷撃を受けた場合、船体の損傷に対しては訓練や想定はあった。だが、艦内からの浸水など誰も想定していない。

だから戦艦プリンス・オブ・ウェールズに機関部の浸水から、罐の水蒸気爆発と動力の喪失が立て続けに起きた時、乗員たちはなす術《すべ》がなかった。そうでなくても他の作業で手一杯なのだ。

ただ機関部が水没したことで、右舷側にも海水が侵入したため、皮肉にも左舷への急激な傾斜はいささか緩和された。それは転覆までの一〇分、二〇分程度の時間に過ぎなかったかもしれないが、それにより数百人の乗員が脱出できたのも事実であった。

艦内の乗員たちは、数少ない脱出路から上甲板にあがる。そこはすでに傾斜が急であるため、艦橋楼《かんきょうろう》の壁を床にしてなんとか姿勢を維持していた。

何名かの乗員は艦橋楼を進み、そしてそこから海面にむけて飛び込んだ。それが成功し、すでに降ろされているカッターに救助されたものもいた。目測を誤り、甲板に叩きつけられたものもいる。

さらには海中に飛び込んだはいいが、いまだ回転するスクリューに巻き込まれるという悲惨な最期を遂げたものもいた。

フィリップス中将や艦長は戦艦プリンス・オブ・ウェールズから脱出しなかった。そして、多くの乗員が総員退艦命令が届いた頃には手遅れになっていた。それでも五〇〇名あまりの乗員が、ともかく脱出することができた。

こうして陸海軍の結果的な共闘により、イギリス海軍が誇る二大戦艦プリンス・オブ・ウェールズと巡洋戦艦レパルスは撃沈された。

このことはアジアにおける日本と連合国のパワーバランスを覆しただけでなく、航行中の戦艦を航空機で撃沈できることを実戦で示した初の事例となった点で、歴史に記されるものであった。

3

海上機動という形で陸軍の支援を行うだろうと考えていた夏山丸の太田支援船長だったが、その予想はすぐに現実のものとなった。

第五師団の捜索連隊からの支援要請である。この捜索第五連隊は他の兵種も編組し、佐伯挺身隊として編成されていた。

この佐伯挺身隊の編成は、日本陸軍の中でも特筆すべきものだった。まず連隊は本部・乗車兵中隊二個・装甲車中隊二個・通信小隊一個が本隊としてあり、この陣容が約四二〇名。

編制でわかるように、この連隊は自動車化が進んでおり、通常の歩兵師団の捜索連隊のような騎兵中隊はなく、自動車二九両に軽装甲車一六両を有していた。

佐伯挺身隊はこの捜索連隊を中核として、さらに戦車第一連隊第三中隊、山砲中隊、工兵小隊、通信小隊、衛生隊の一部、防疫給水部の一部を編入していた。

この中で戦車第一連隊第三中隊は三個小隊編成で、九七式戦車一〇両・九五式軽戦車二両という捜索連隊としては強力な陣容であった。当然、これらの戦車部隊の機動力を活かすべく、歩兵中隊も乗車歩兵として自動車化されている。

その佐伯支隊より支援要請があり、九七式軽装甲車二両と兵員を積んだ部隊を移動させよとのこと。この二両と兵員で敵陣の後方にまわり、退路を遮断して本隊の前進を支援するというのだ。

同時に夏山丸には、もう一つの支援要請があった。佐伯支隊の別働隊が前進する前に敵情を上空から偵察するというものだった。

海岸から街道まではそれほどの距離はないが、九七式軽装甲車が移動できるルートを見極めたいということだ。そこが上陸地点となる。

大発の準備を進めるのと並行して、再び直協偵察機が出撃する。

「四機で出撃してくれ」

石川隊長は部下たちに言う。

「単独で偵察しては、海上機動の意図を探られかねない。爆装した四機が敵陣を空襲すれば、こちらの意図は気取られまい」

八機すべてではなく四機にするのは、他の方面からの支援要請を考慮してだ。佐伯支隊だけが動いているわけではないからだ。

それに、巡洋戦艦レパルス撃沈に関しては陸軍第二五軍司令部より、戦艦プリンス・オブ・ウェールズに関しては海軍のマレー艦隊司令部より、それぞれ夏山丸には感状が出されていた。

それは名誉なことであり、嬉しいことではあるのだが、夏山丸の知名度の向上に伴い、引き合いも増えているのであった。佐伯支隊もその一つだ。

敵情については、佐伯支隊もどうやらよくわかっていないらしい。偵察機の支援要請には、そうした事情も含まれていた。むろん石川隊長も、そのへんの事情は推測がつく。

さすがに攻撃予定地とはいえ、他国の植民地で測量はできない。進撃ルートについて、どうしても未知数は残る。

マレー半島はイギリスの植民地であり、イギリスは植民地統治の都合で交通インフラを跛行《はこう》的に整備してきた。とはいえ、現地人には現地人の生活文化があり、植民地統治とは別の文脈で道路や経済が存在している。

佐伯支隊は、そうした植民地としてのマレー半島では顕在化していない交通インフラの活用も視野に入れていた。

九七式軽装甲車という、ある意味では非力な装甲戦闘車両を投入してきたのも、豆戦車だからこそ狭い道でも突破可能という意味がある。

直協偵察機四機は、しばらくは横一列で距離をおいて飛んでいた。低速かつ低空で飛行し、地上の様子を確認する。敵陣もさることながら、生活道路があれば草木が切れているからわかるはずという理屈だ。

搭乗員たちは漠然と、ジャングルの中に土が見えれば生活道路がわかると考えていたが、じっさいに飛行すると、樹木が鬱蒼《うっそう》として簡単に地面は見えなかった。

それでも生活道路らしいものはわかった。地形にもよるとはいえ、人は道路を作るならできるだけ直線で作りたがる。それが最短距離での移動を実現するからだ。

しかし、自然界では直線とは不自然なものである。上空から見れば、ジャングルの中に点在する直線は、地面が見えていなくても、そこに人間の営みを予想させた。

じっさいそうした直線の上を飛行すると、時に地面を見ることができた。中には何があったのか、焼け落ちた小屋の残骸のようなものさえあった。かなり古いもののようで、この戦闘とは無関係だろう。

偵察機はそれぞれに、自分たちの発見したものを打電する。四機のうち三機は空振りであったが、一機だけはそうした生活道路を認めていた。

それが海岸とどうつながっているのか、そもそも海岸との連絡があるのかはわからない。ただ別の偵察機が海岸に小舟が捨ててあるのを発見しているので、そこと連結している可能性は高かった。

偵察機はやがて街道に出ようとしていた。そこが幹線道路であり、生活道路との合流は不思議ではない。

四機はそこで再び集結し、イギリス軍陣地を探す。佐伯支隊長は、ある程度のあたりはつけており、偵察機もその周辺を捜索する。

そうして彼らはイギリス軍陣地を上空から発見した。イギリス軍守備隊は偵察機をやり過ごすため、あえて息をひそめて攻撃を控えていた。

彼らは不安だった。というのも指揮系統は混乱し、自分たちが呼びかけても上級司令部とは円滑に通信が確保できない。制空権はイギリス軍にあるはずなのに友軍機の姿を見ることはなく、コタバル飛行場が占領されて日本軍が進出したという真偽不明の情報だけが広まっている。

彼らに自軍の制空権への自信があれば、逆に日本軍機を早々に攻撃しただろう。しかし、制空権に自信がないだけに下手な攻撃で返り討ちにあうリスクは避けたかった。

しかも彼らは敗走同然に後退し、陣地を築いていただけに擬装は完璧ではない。上空から擬装を確認してくれるものもいない。

それでも彼らはぎりぎりまで攻撃を控えていた。飛んできた四機の日本軍機が信じられないほど低速で、低空を飛んでいたためだ。

どう見ても人畜無害な飛行機で、下手に手を出さないほうが自分らの所在を知られないぶん、安全と思われたからだ。

しかし偵察機は陣地を発見しており、爆撃を躊躇《ちゅうちょ》しない。むろん陣地の正確な状況は見えないわけだが、道路のつながりは予測できるから陣地の構造も予測できた。

効果的な防衛線の組み方など常識的な範囲に収まるのであるから、互いに合理的に動こうとするならば選択肢は限られる。

四発の爆弾が投下されたことで、イギリス軍側はそれが攻撃機であったことに驚いたが、一発が野砲陣地を直撃したことで砲弾の誘爆を招き、反撃のタイミングを失ってしまった。

偵察機側は、少なくとも爆弾の一つが敵陣に損害を与えたと報告することができた。

「本当に道があったな」

軽装甲車班の班長は、幅の狭い道を九七式軽装甲車で前進しながら、直協偵察機の情報に感銘を受けていた。彼らは写真まで撮影し、大発に乗り込む時におおまかな地図まで作成してくれた。

大まかな地図なのは、ランドマークのないジャングルであるからだが、それでも写真とともにこれがあるとないとでは断然違う。

じっさい部隊は小舟が捨ててあった海岸に大発で揚陸し、そこから生活道路へとつながる道筋を発見していた。

道幅は狭く、せいぜい二メートルあるかないかというもので、それも道の両脇の枝と枝の幅でその程度だ。

しかし、九七式軽装甲車ならそんな道でも履帯《りたい》により前進可能であった。ジャングルの中の道であり、泥濘《ぬかるみ》の可能性も懸念されたが、それなりの期間にわたって使われてきたのだろう。道は周辺より高くなっていて、水はけはそれなりにできているようだった。

舗装道路並みとはいかないが、九七式軽装甲車なら特に問題なく前進できた。部隊にある車両はこの軽装甲車二両だけであり、他の歩兵は徒歩である。

歩兵の一部が斥候《せっこう》として道を進み、その後ろを軽装甲車が進む。視界が悪いために歩兵の支援は不可欠だった。だから、軽装甲車以外に車両がなくともあまり大きな不都合はない。歩兵の速度でしか進めないからだ。

もともとは戦場に弾薬を運ぶために九四式軽装甲車が開発された。しかし、歩兵が用いるのに手頃な装甲戦闘車両、いわゆる豆戦車として、本来の用途よりも戦闘車両として用いられることが多くなった。

いくつかの歩兵師団では、装甲車隊がこの九四式軽装甲車を中核に編成され、そのための操縦教習なども行われたほどだ。

しかし、やはり輸送車両の九四式軽装甲車を第一線の戦闘車両に用いるには無理もあった。装甲は小銃弾に耐えられる程度で、火力は機関銃一丁に過ぎない。

そこで、九四式軽装甲車も後になると色々な改修が加えられた。豆戦車という大枠は変わらないが、履帯の構造の改変や火力の改良などで、そうした中には三七ミリ砲搭載型もあった。

それでも九四式の部分改良では限界がある。そのため設計を一新し、輸送車両ではなく戦闘車両に目的を絞ったのが、九七式軽装甲車であった。だからこの豆戦車の主砲は三七ミリ砲である。

さすがに昨今の標準では無敵の火力ではない。しかしながら、敵陣地を潰せるだけの威力は持っている。

海岸から敵陣まで直線では二キロ程度しかない。だがジャングルの移動であり、イギリス軍陣地まで移動するのに数時間が必要だった。

佐伯支隊の軽装甲車には無線装備があった。練習航空隊による機材の共通化の副産物として、陸海軍で航空機無線電話機の共通化が行われていたが、これらは車載無線機としても使われるようになったのだ。

海軍でも小型船舶の隊内電話用として使われている。すべてではないが、大発にさえ搭載されているのだ。

装甲車班の班長は、佐伯支隊の本隊と無線電話で通信を行い、攻撃のタイミングをはかる。

「残念ながら橋は破壊されておりますが、川幅も狭く破壊も不徹底です。工兵による修復は可能と思われます」

上陸地からシンガポールに至る交通路の確保のためには、橋梁《きょうりょう》の確保が不可欠だった。日本軍の快進撃でイギリス軍に橋の破壊を許さなかったところもあるが、多くの橋が撤退するイギリス軍に破壊された。

すぐに作戦が打ち合わされ、そして攻撃が始まった。佐伯支隊は九七式中戦車の戦車砲で、イギリス軍陣地への砲撃を仕掛けた。

徹甲弾ではなく榴弾であるが、もともと機銃座などを潰すための火砲であり、こうした目的には最適ともいえる。

この時、砲撃に参加したのは二台の戦車で、歩兵が戦車が並べるように樹木を処分して道を広げていた。なので砲撃は二門である。

イギリス軍もこの砲撃に反撃を試みようとした。九七式戦車そのものは歩兵直協戦車として開発されたもので、対戦車戦闘はあまり考慮されていない。だから野砲で仕留めることは可能だった。

だが、ほぼ敗走状態だった彼らには野砲は一門しかない。しかもその一門は、さきほどの偵察機による爆撃で失われてしまった。

守備兵としては、戦車部隊に対して機関銃で応戦するよりない。その状況で、軽装甲車隊と歩兵小隊がイギリス軍陣地の側背《そくはい》から攻撃を仕掛ける。

それは完全な奇襲であった。そんな場所から日本軍が現れるわけがないのだ。しかし現れた。

しかも日本軍は「戦車」であり、複数ある。このことでイギリス軍側の防衛線は総崩れになった。前からも後ろからも戦車が現れては、勝ち目はない。

彼らは日本軍戦車隊による包囲殲滅《せんめつ》を避けるため、潰走《かいそう》に近い状態で後方へと下がっていった。

この報告を受けた佐伯支隊長は、すぐに軽装甲車班に対して残敵掃討を命じた。ある意味で、無茶な命令であった。

軽装甲車二両に歩兵小隊である。しかし、軽装甲車班の班長は命令にしたがった。歩兵は追躡《ついじょう》するのは困難だったが、機動力に限界があるのは敵も同じだ。

そして、小隊には一個分隊用に自転車が用意されていた。トラックは難しいが、自転車ならジャングルでも輸送できる。街道を占領するのが目的の作戦なので、夏山丸にも自転車は搭載されていた。

さらに幸運だったのは、モーリスの小型トラックが残されていたことだ。逃げようとして溝にはまったので捨てられたらしい。そんなものは軽装甲車で簡単に引き出せる。

ガソリンもあり、無理すれば五人程度は乗せられよう。速度でいえば軽装甲車よりモーリスの小型トラックのほうが速い。

軽装甲車班の班長は軽装甲車二両、モーリス小型トラックとともに敵陣近くまで前進する。背嚢《はいのう》などはおろして、ともかく歩兵一〇人ほどを乗せる。さらに一個分隊は自転車でその後を追う。

そうしてある程度まで進出したら、小型トラックは自転車隊と合流し、歩兵はそこで降り、自転車を載せて友軍の残る先ほどの戦場に戻る。

自転車を下ろし、一個分隊は自転車で、残りは強引にトラックに乗り前進する。トラックは合流地点で歩兵を下ろし、再び戦場に戻って背嚢などを積み込み、本隊と合流した。

自動車がピストン輸送する間に、歩兵小隊は九七式軽装甲車にそれほど遅れることなく行動をともにすることができた。

そして敵兵が休息している時に突撃を命じた。イギリス兵にとってはまたも完全な奇襲であったが、なによりも戦車と自動車を伴う「機甲部隊」の襲撃に、もはや組織的抵抗などできる状況ではなかった。

数を半減させたイギリス軍歩兵中隊を軽装甲車班の班長は捕虜とし、それらを武装解除することに成功した。これにより佐伯支隊の前進は著《いちじる》しく進捗《しんちょく》した。

このことは夏山丸の活躍にとどまらず、海上機動という戦術の有用性を陸海軍担当者に印象づけた。

4

マレー作戦において日本軍は精鋭の自動車化歩兵師団を第二五軍に投入したが、それでも自動車は足りなかった。部隊の快進撃が続けば続くほど、機動力が要求されたためである。

日本軍が自前で用意した自動車と戦場での要求の隙間を埋めたのが鹵獲《ろかく》自動車であった。

鹵獲自動車の存在は日本軍にとって、けっして馬鹿にできない存在であった。なぜなら開戦半年後の時点で、日本軍全体が保有する自動車は八万台であったのに対して、そのうちの一万台が鹵獲自動車であったためだ。

皮肉なことに、イギリスなどは植民地統治に自動車を必要としており、そのため戦線で敗退するたびに大量の鹵獲車両が日本軍の手に落ちることになるのであった。

そして第二五軍において、日本軍の自動車および鹵獲自動車の修理・整備を担当したのは第二三野戦自動車廠《しょう》であった。

もともとは満州方面で活動していた部隊であるが、マレー作戦への移動に伴い、廠長の高屋守三郎大佐は部隊の再編を行っていた。

大陸では鉄道なども活用できるため、自動車廠は自動車修理工場のような組織であった。しかしマレー作戦では、そのような状態では対応できないために移動修理班を複数編制し、それらを適宜《てきぎ》前進させた。

この移動修理班には甲乙があり、甲は自動車だけでなく戦車にも対応するほか、必要なら飛行機のエンジン修理も可能であった。これは統制型エンジンのおかげで、戦闘車両と航空機用エンジンで部品や工具の共通化が進んでいたためだ。

むろん完全に一致ではなく（そもそも戦車などはディーゼルだ）相違もあったが、材料素材の標準化などは、修理用の工作機械の汎用性を高めることに寄与した。

エンジン用の金属部品などは素材が標準化されて材料の型番が合えば、その材料の品質は一致していた。だから旋盤やフライス盤で自動車部品から飛行機用部品を削り出す、あるいはその逆が可能だったのだ。

これとは別に、高屋守廠長はガソリン回収班も編制していた。街道に遺棄してある自動車からガソリンを抜き取り、それを集める部隊である。それは燃料不足を解消する手段であったが、高屋守廠長には別の思惑があった。

「ごくろう」

サイドカーに乗った伝令を幕舎にしつらえた本部から見送りながら、高屋守廠長は報告書の内容を地図に書き記していた。

それは燃料回収班からの報告書で、遺棄されていた車両の種類、場所、燃料残量などを記したものだった。

廠長のもとには、連合国の主要な車両のデータがある。特別に用意したものではなく、満州時代から整備されていたものだ。

自動車製造事業法によりフォード・GMの生産車だけでなく、国産車の製造は増えていたが日本国内で使用する自動車は、いまだにアメリカを中心とする外国車が多い。

為替政策や鉄材などの重要資源の割り当ての関係で、日本国内のフォード・GMの生産数は激減していたが、それは日華事変の影響であり、商工省や陸軍の政策として外資系工場を国内から駆逐する意図はなかった。

フォード・GMなどの外資系工場と国内企業の生産力には依然として大きな差があり、純国産化政策は国内の自動車生産数を激減させ、陸軍の自動車化を遅らせてしまう。陸軍はそんな愚を犯すほど馬鹿ではない。

陸軍が意図していたのは、国内の自動車市場の拡大を前提に、外資系の生産数を現状維持とし、拡大する増加分を国内生産でまかない、生産数の維持と国内産業の育成を図ったのである。

ただ戦争経済全体の中で、為替政策や資源配分の問題があった。例えば輸入部品は割高になり、それらを組み立てても価格競争力は失われてしまう。また兵器生産についても、自動車よりも航空機が優先される中では、外資系自動車工場に割り当てられる資源は微々たるものであった。

こうしたことの積み重ねで、フォード・GMは企業として日本工場を維持する経済的メリットがなくなっていたのである。

それでも外資系の生産設備は残っていた。そのためこうした外資系工場では、委託製造として年間数千両の「国産」自動車が製造されていたほどだ。

日本国内でさえこうした状況であり、満州ともなれば国内外の自動車も少なくない。そして関東軍は、いざとなれば満州国内の自動車を徴用する計画であったから、陸軍としては主要国の自動車について、そのスペックをまとめる必要があったのだ。

高屋守廠長はそうしたデータをもとに、車種ごとの燃料残量から路面状況と燃費データから走行距離を求めていた。路面状況から燃費を割り出すのは、輜重兵《しちょうへい》科の幹部なら陸軍自動車学校で最初に学ぶ知識である。

廠長はそうして集めたデータを、壁一面につくりあげた大きな紙に書き込んでいく。

「廠長、これは？」

自動車廠の補給担当者が、その不思議な地図を見て尋ねる。それは日本軍が遺棄自動車から燃料を抜き取った地点をプロットしたものだが、いくつもの円弧が描かれている。

「ちょっと調べたいことがあってな。班長、これらの図で円弧が重なっている領域があるのがわかるか」

「ええ、わかりますが。それが？」

「君が敵の立場で考えたまえ。もしも自動車で逃げるとしたら、どうする？」

「自分なら、まず燃料タンクを満タンにすることを考えます。どこに友軍部隊がいるかもわかりませんし、次の給油はどこでできるかもわかりませんから」

「そう考えるな。イギリス軍も同じだと仮定する。遺棄自動車はどれも燃料を満タンにして出発して、故障や運転ミスで自動車を遺棄せざるを得なかった。

そうだとすると、満タン引く燃料残量が給油所から遺棄地点まで走行するのに消費した燃料だ。

車種ごとの燃費はわかっている。路面状況による燃費の違いも計算できる。それで考えられる遺棄自動車の走行距離を図にしたのがこれだ」

「だとすると、円弧の重なっているこの場所が？」

「そう。たぶんイギリス軍の燃料補給所はこのへんにあるはずだ」

あいにくと廠長の命令で動く歩兵部隊などはなかった。なので彼は、まず燃料回収班に無線通信を入れ、現場近くの捜索を命じた。

燃料回収班は輜重兵だったが、中国戦線でゲリラなどによって輜重兵による補給部隊が襲撃される事例が増えたため、いまは彼らも戦闘訓練を受けて武装している。なので燃料集積所の確保は自力で可能であった。ただ状況が状況であり、イギリス軍が破壊する可能性もあった。ゲリラなどが潜伏している可能性もある。

そこで、廠長は夏山丸に連絡を入れる。佐伯支隊の輸送から、経理・輜重畑の人間を中心に、陸軍側の人間も増やされていた。

そうしたこともあり、廠長は夏山丸に直協偵察機の派遣を依頼した。通常の偵察と異なり、今回は目的地がだいたいわかっている。そのため偵察機は二機のみとなった。

本来なら一機ですむ話である。ただ直協偵察機はＳＴＯＬ機なので、イギリス軍の燃料補給所なら着陸可能と思われた。車両に燃料を供給する空間が必要だからだ。二機の偵察機を派遣し、そこに二名の兵士を下ろす。場所の確保と調査、さらに燃料回収班に狼煙《のろし》で場所を指示するためだ。

兵士一人よりましではあるが、二人は少ないと思われた。しかし、すぐに出せる偵察機が二機なので仕方がない。

知名度があがったので、あちこちの陸海軍部隊から偵察やら補給やらの要請が多数寄せられているのだ。経理・輜重の人員が増やされたのもそのためである。

「あれじゃないか！」

偵察機は高屋守厰長が割り出したあたりに、確かに不自然な空間があるのを認めた。

街道に面してはいなかった（それならすでに発見されているだろう）が、比較的近い位置にある。どうやら燃料集積所に通じる道がつながっており、いまはその入口が隠されているらしい。

上空から見ると、街道には不自然な形で家屋が消失している場所があった。何かの施設が戦闘で焼け落ちた風情だが、それが燃料集積所への入口を隠しているようだった。

焼け落ちた廃屋の跡など確かに誰も調べない。しかし、その背後に偽装網や樹木で隠された道があったのだ。

大型のトラックなどにも給油するためか、直協偵察機が着陸可能な道路もあった。さすがに二機は同時に着陸できず、着陸は一機ずつだ。そうして二人の輜重兵科と経理部の下士官が降ろされる。ここが占領できれば、大量の燃料は日本軍のものとなる。

つまり国有財産ということで、財務処理や補給所としての管理業務の見積もりが必要となる。二人はその下調べのために降ろされたのだ。

「巨大な燃料タンクではなくドラム缶の山か……」

輜重兵の下士官にはそれが意外だった。

「ざっと見積もって、三〇〇〇から四〇〇〇本だな。二〇〇リットルとして八〇万リットル。トラックの燃料タンクが一〇〇リットルだから、八〇〇〇両のトラックに燃料を提供できるか」

「ざっくり一〇〇〇トンクラスの油槽船一隻に少し足りない程度か。公定価格がリットル二二銭だから、ドラム缶一個で四四円、それが四〇〇〇なら一七万円以上。これに相当する燃料が手に入るなら、国の予算としては結構な収入だな」

経理部下士官は別の見積もりをしていた。

二人は小型無線機で状況を報告する。狼煙をあげようかとも考えていたが、建物の焼け跡を探したほうが話は早そうだ。

「しかし、ここはどうすることになる？　維持するのか」

輜重科の下士官の言葉に、経理部下士官が首をひねる。

「維持するのかって、維持しないでどうする？」

「いや、ここに燃料集積所を置く限り、自動車はここから燃料を運ばねばならんだろう」

輜重兵科の下士官の言葉で経理部下士官も合点する。

「そうだな、移動すべきか。幸いにもドラム缶だ」

軍のトラックは定格として一トンか一トン半が積載量であるが、過積載されることも珍しくなかった。

当初は一トン積みだった軍用トラックが一トン半、二トンと積載量を増やすことになったのも、物流量の増大は当然として、この過積載傾向という既成事実の追認の側面もあった。これは軍だけではなく、日本国内のトラック全般にいえた。

とはいえ、マレー半島の道路事情を考えると、ドラム缶一本を余分に積み込むのがせいぜいだろう。

輜重兵は八〇〇〇両のトラックに燃料を供給できるとは言ったものの、それは最大値であり、実際はそこまで話は単純ではない。

燃料を受け取るためにトラックを出せば、トラックの移動のために燃料を消費する。マレー半島のような道路事情では、集積所の燃料の三割は燃料移動に費やされるだろう。

四〇〇〇個のドラム缶は、いわば丸儲けみたいもので、輸送で三割、四割のロスが出ても日本のマイナスにはならない。しかし、輜重兵や経理部としては、それでもやはりロス分は減らしたい。ガソリンは兵器なのだ。

「ここから可能な限り前進した位置に、燃料集積所を設け、部隊の前進にあわせた補給をすべきだろう」

輜重兵の意見に警備部もうなずくが、問題はあった。

「だとしても、一〇〇〇や二〇〇〇は運ばねばならんな」

部隊の進行に合わせて燃料補給を効率的に行うためには、燃料集積所も随時前進させる必要がある。前線との距離が開きすぎれば、移動で無駄に燃料が消費されるからだ。

ただ、後方から前線向けの自動車もあるので、燃料集積所は後方にも用意する必要があった。

そうしている間にも自動車廠の燃料回収隊と彼らは合流する。すぐにそこを臨時の燃料廠として、部隊に燃料を手配する算段が整えられた。


「……という案件に対する照会が、第二五軍司令部より降りてきているのですが」

陸軍より経理部の担当者、海軍より主計科の担当者が二人揃って、太田支援船長の前に現れる。それは滅多にない光景だったが、彼らの相談もまた同様だった。

「陸軍が占領した敵軍の燃料集積所のドラム缶を本船に積み込み、海上機動の末に陸軍の作戦地近くに揚陸しろというのか」

「そうです」

二人は声を揃える。経理主計の人間たちの間では、話はついているのだろう。

彼らの理屈はわかる。夏山丸で海岸まで運ぶなら、トラック輸送での燃料ロスは最小限度に抑えられる。悪路を進むといっても二キロ三キロ程度であり、一〇〇キロ、二〇〇キロという距離ではない。それで節約できる燃料は自動車にして数百両相当は下るまい。

太田中佐もそういう作業がもたらす恩恵は十分理解できる。ただそれだと夏山丸は、ほぼその燃料輸送に専念することになる。他の方面の要請には対応できなくなるだろう。その点では、彼としては余力は残したいという考えもある。

じっさい佐伯支隊への海上機動の支援により、夏山丸にはそうした支援要請の打診も増えている。

しかし、結局は太田中佐も燃料集積所の移動に専念することにした。第二五軍は日本陸軍が誇る機械化部隊であり、燃料補給が作戦の成否を決めるためだ。

海上機動を打診する部隊にしても、戦術として検討してはいても、じっさいにそれを実行するには問題が多いため、具体化することは意外に少なかった。最低限海岸に出て、海岸から敵の側背にまわるための機動を行わねばならず、そちらは夏山丸では責任は持てない。

こうして第二五軍の兵站《へいたん》監部から正式に命令が下りてきて、夏山丸は燃料集積所の移動に従事することとなった。

「まさかタンカーの役割までさせられるとはな……」

太田支援船長はそう言いながらも、このタイプの船が予想以上に戦力になるという手応えを感じていた。

第三章　真 珠 湾

1

マレー半島での上陸作戦より遅れること数時間。第一航空艦隊の六隻の空母は、真珠湾を目指していた。

第一航空艦隊の南雲《なぐも》司令長官は、真珠湾との距離が近くなるにつれて不安が大きくなった。そして不安が増大することが、さらに彼を不安にする。

なるようになれと開き直れるほど、彼は馬鹿ではなかった。自分たちの作戦が一国の命運を左右するとの自覚があるからだ。まともな海軍将校なら、誰もがそれを理解できよう。

そもそも南雲司令長官は、こんな投機的な作戦には反対だった。理由は言うまでもなく、米太平洋艦隊と刺し違える覚悟が必要だからで、生還できるかどうかわからないのが本当のところだ。なにしろ米太平洋艦隊の本拠地に殴り込みをかけようというのだから。

不思議なのは「あの」山本五十六大将ほどの人間が、こんな基本的な理屈も理解できないはずはないのに作戦を強行したことだ。真珠湾攻撃の利点を山本は主張するが、それは戦術的な話で、戦略的には多くの軍人が疑問を覚えていた。

まず南方の資源地帯を占領すれば、イギリスとの戦争になる。これは明らかだ。しかしフィリピンを攻撃せず、真珠湾も攻撃しなければ、アメリカは参戦の口実を失う。

そして日本海軍はといえば、アメリカ単独あるいはイギリス単独との戦争計画は持っていたが、これら二国との戦争は想定していない。二カ国以上との戦争になれば、それはもう政治の話であり、軍令機関のすべき想定ではない。

じっさい最初の南方侵攻では、フィリピンを外して対イギリス戦争に限定することになっていた。厳密にはオランダやオーストラリアなどと戦争になるかもしれないが、オランダは本国を同盟国ドイツに占領されているし、オーストラリア海軍は日本にとってなんら脅威ではない。

イギリス一国との戦争であれば、日本は勝利できて、アジアを失ったイギリスはヨーロッパでドイツ・イタリアに敗北するだろうから、その状況の中でアメリカは参戦しない。そういうシナリオもできていたのだ。

ただ山本連合艦隊司令長官は、そうした対イギリス一カ国戦争の可能性を否定していた。

イギリスが敗北するかもしれないという状況をアメリカが看過するとは思えない。さらに南方を日本が占領し、フィリピンが孤立する状況で、アメリカが中立を保つとは思えない。

逆に、アメリカは局外中立の立場でフィリピンに強力な艦隊を派遣し、そこを拠点に日本のシーレーンを圧迫することも可能となる。公海を通じてアメリカが自国領であるフィリピンに艦隊を派遣することを日本は阻止できないのだ。

結局、遅かれ早かれアメリカとは戦争となるが、準備したアメリカとの戦争では奇襲作戦も難しくなる。逆に日本の横須賀あたりが奇襲されないとも限らない。

じっさい陸軍などからもフィリピンを放置することは不利という意見も出され、真珠湾はともかく、マレー半島とフィリピンが攻略されることとなり、大本営の決定として日本は英米二カ国と戦争をすることとなった。

このへんは山本五十六海軍大将といえども、軍令部の命令を受ける一艦隊司令長官に過ぎず、国家意志の決定に関与できる立場にはない。

ただ、フィリピン攻略も第一段作戦に含まれることになり、山本長官の真珠湾作戦への傾注はますます激しくなった。これは別の視点で見れば、彼も対イギリス戦争だけでなく対アメリカ戦争を行うことを、やはり懸念していたとも解釈できよう。

むしろそっちの態度のほうが、南雲には腑《ふ》に落ちる。対米戦を否定し、三国同盟に反対していた山本五十六海軍大将の立場からすれば、そうした態度のほうが一貫性が感じられる。

考えてみれば、山本のこうした強硬な態度は、南方侵攻を決定した時期からだった。それまでは対米戦になりかねない、こうした動きに反対の立場だった。陸軍の仏印進駐にさえ激怒した人なのだ。

ただ南雲司令長官は、こうした矛盾とも解釈できる山本の対応の変化について、驚くべき解釈も聞いていた。それは井上成美第四艦隊司令長官の意見であった。かつて山本とともに三国同盟に反対した人物だ。

南雲が井上と会ったのは偶然で、赤レンガ近くを歩いていた時のわずか数分であった。二人しかいなかったが、そうでなければこんな話を井上さんもしなかっただろう。

最初に口を開いたのは南雲だった。「山本さんは何を考えているのか」、それは南雲の愚痴だったが、井上の解釈は驚愕すべきものだった。

「あの人は愛国者だ。国を破滅から救うことしか考えていませんよ」

その井上のロジックも南雲にはわからない。そう言うと井上は続ける。

「山本さんは開戦に反対だ。しかし、司令長官として命令されればしたがわざるを得ない。開戦が不可避であるなら、日本を救うにはどうすればいいか？　短期間で終わらせることです。ほかにありません」

「奇襲攻撃で真珠湾の艦隊を壊滅し、米国民の戦意を削《そ》ぐと山本さんは言うが、そううまくいくのか」

「山本さんの真意はたぶん違いますよ」と井上。

「何が違う？」

「山本さんは日本人へのショック療法を考えていると、私は思ってます」

「どういうことだ？」

井上は一航艦司令長官の南雲に、やや悲しい表情を向けた。

「相手は真珠湾の米太平洋艦隊です。六隻の空母に多数の巡洋艦、駆逐艦、さらには高速戦艦が二隻。この大艦隊が真珠湾の手前まで誰にも発見されないなんてことがあり得るでしょうか」

「難しいだろうな」

それは南雲も認めざるを得ない。というより、一航艦の司令部要員の誰もが、それを深刻な問題と考えていたからだ。航路帯を外れるなど最大限の努力はするつもりだが、どうなるかは正直わからない。

「あくまでも戦術面で考えて、一航艦はその戦力の大半を失うと考えるべきでしょう。早期に発見されればされるほど勝算は小さくなり、損害は増える。

それでもフィリピン攻略がなければ何事も起きないでしょうが、そちらが攻撃されたなら、早晩、一航艦も無事ではすまない」

「貴官は何を言いたいのだ？」

「開戦劈頭《へきとう》の真珠湾奇襲は失敗し、日本は空母のほとんどを失うわけです。それは多分、南方の作戦にも影響するでしょう。側背を米太平洋艦隊にさらしながら南方への進出をする。しかも空母は失われた」

南雲は井上の言葉に戦慄した。

「一航艦が大敗し、南方進出も頓挫する……と」

「そうなれば、帝国は国の存亡をかけて停戦交渉をするでしょう。その時、山本さんは開戦の全責任を負うかもしれません。それで戦争が終わるなら」

「井上くん……」

さすがの南雲も、井上のこの仮説は信じがたかった。山本が真珠湾攻撃の大敗を根拠に戦争終結を工作するというのだ。多数の空母と乗員を犠牲にして、そんなことをする指揮官がいるのか？

しかしそんな考えは当然、井上も考えていたらしい。

「そんなことのために、艦隊や乗員を犠牲にするのか？　そういう疑問は当然です。しかし、こうも考えられます。

英米との戦争が長期化すれば、真珠湾奇襲の失敗で失われる艦艇や乗員の何倍、何十倍もの犠牲が出る。日本本土が戦場になる可能性さえある。ならば一航艦の犠牲で国を救えるなら、安いものだと。畢竟《ひっきょう》、海軍軍人とは、国のために死ぬのが仕事ではないですか」

南雲は正直、その言い方には腹が立った。国のために死ぬも何も、死ぬのは自分なのだ。

それは井上もわかっているはずだ。というよりも井上は、南雲も口ではともかく、内心では自分と同じことを考えていると信じているようだった。だから真珠湾攻撃の指揮を引き受けたのだと。

「だが山本さんは、そこまでの博打を打つだろうか？　艦隊を失ったが、政治も大本営も動かず、それでも戦争が続く可能性をあの人が考えないとは思えんのだが」

「失われるのは空母だけです。戦艦も陸上基地も無傷で残っている。国を守る戦力は残っていますす」

井上はそう言い放った。南雲は、はっとした。井上はかつて海軍の空軍化を提唱した人物だ。

彼は単に海軍航空を重視せよと唱えているばかりではなく、脆弱《ぜいじゃく》な空母ではなく、基地航空隊を海軍航空の中心に据えるべきと唱えていた人物でもある。

もし山本五十六海軍大将が、井上中将と同様の考えを持っているとしたら。そしてそれが日本海軍ならずとも、世界の海軍でも少数意見であったなら、空母部隊の喪失は、多数派には和平交渉を行う動機となるほどの損失と認識される一方、国防力の観点では、戦艦も陸上基地も無事であり、万が一の場合にも対応できる。

戦艦中心が正しいのか、航空中心が正しいのかは、現時点では未知数だ。しかし井上の考えが正しいなら、戦艦中心が正解なら、戦艦戦力は温存される。

逆に航空主兵が正しいとしても、失われるのは脆弱な空母であり、国防の中心となる陸上基地は残る。

二人の会話は、南雲の幕僚が現れたことで、井上が南雲に敬礼して去ったため、結論は出ないままに終わった。

さすがに南雲司令長官も、山本司令長官に事の真偽を質《ただ》しはしなかった。質しても意味はない。井上解釈が間違っていれば、返答はＮＯであろう。

そして仮に正しかったとしても、やはり返答はＮＯに違いない。少なくとも一航艦の司令長官に対して、「貴官は死ぬだろう」とは言うはずもない。

それにじつを言えば、井上成美中将の意見が南雲の不安を大きくしているわけではない。南雲は彼の意見を信じないからこそ、不安が大きくなるのだ。

つまり井上説なら、自分たちは山本に失敗を期待されているが、そうでないならば、自分たちは成功しなければならないからだ。

あるいは井上中将があんなことを言ったのは、遠まわしに自分の緊張をほぐす意図があったのかもしれない。極論を耳にすることで、ある種のショック療法を与えようと。

だとすると、やはりそれは成功したとは言えないようだ。日本にいた時から、作戦の責任が南雲を苛《さいな》んできたのだ。

それは傍目《はため》にも酷いものだったのだろう。単冠湾《ひとかっぷわん》を出てからも、深夜に彼は空母赤城の飛行甲板の上を一人、歩いていることが多かった。

それを見咎めたものがある。赤城艦攻隊の指揮官である村田少佐だった。

「長官は部隊をここまで率いて来られました。現地に到着したならば、長官はただ我々に行けと命じてください」

村田の言葉は、部下からの指揮官を信用しているとのメッセージであった。その言葉が南雲の胸に染みなかったと言えば嘘になる。

だが村田隊長には、やはり自分の気持ちはわからないのだという、ある種の孤独感もまた南雲を捉えていた。この艦隊に中将は彼しかいない。

中将たる南雲忠一にも少佐時代はあった。その頃の南雲は「カミソリ」の異名を持つ切れ者として知られていた。あの当時の彼には、将官たちが愚か者にさえ見えていた。

だが中将となったいまの彼なら、当時の自分の了見の狭さがわかる。村田少佐は南雲に対して、「ここまで艦隊を率いてきた」ことを成果として語りはしたが、本当のところ、司令長官が艦隊を率いることの意味を、言葉ほどは理解していないだろう。

それは村田がどうのこうのということではなく、南雲自身が己を顧みて言えることだ。軍艦の分隊長クラスである大尉、少佐には艦隊を率いることの難しさ、組織管理者としての仕事の意味はわからない。

だからこそ優秀な人間の階級を上げ、階級相応の役職を経験し、組織管理者として学んでいくのだ。その積み重ねの差が村田と南雲の差であり、過去の南雲といまの南雲との差である。

じっさい南雲司令長官は部下の一部から指導力を疑われ、「一航艦は南雲艦隊ではなく、源田艦隊である」と言われていることも知っている。

南雲自体は自分が航空畑に疎いことは自覚していた。それもあって専門家である源田の意見を入れていた。若い源田に自由裁量を与え、彼のなしたことに対する責任は自分が負う。

それこそがリーダーの役割であったはずだが、傍からは「部下の言いなり」とか「源田艦隊」などと言われることになる。しかしそれこそが司令長官職とわかるのは、この一航艦で自分だけだ。

だから彼は孤独を感じていた。だからこそ、彼はこの作戦の重圧に押しつぶされそうだった。

そして彼はいま、山本司令長官の采配がわかる気がした。どうしてあれだけ軍令部に働きかけた作戦でありながら、自分は陣頭指揮に立たず、南雲に指揮を委《ゆだ》ねたのか。

南雲は井上説を支持はしなかったが、彼の言う山本の責任感は共感できた。真珠湾奇襲は成功するとしても多大な損失を覚悟しなければならない。そんな時、南雲に自由裁量を与えつつ、責任は自分が取る。それが山本の真意ではないのか。ただそれを理解してくれる人間は、やはりこの艦隊には自分ひとりだ。彼はその覚悟を決めねばならなかった。

そして、ついに時間が来た。

2

第一航空艦隊が真珠湾攻撃に動き出したのは日本時間で〇一〇〇、現地時間で〇五三〇であった。

艦隊の先頭を進む航空巡洋艦利根・筑摩からそれぞれ零式艦上偵察機が発艦した。直前偵察のためである。

零式水上偵察機は九七式艦攻をベースにして開発された偵察機で、統制型エンジン搭載の液冷機《えきれいき》である。三座機が必要なのは海軍だけであるため、当たり前だがこの飛行機は海軍しか使っていない。

ただ零式水上偵察機を陸上攻撃機化した機体は、若干だが陸軍航空隊でも使われていた。

一方、航空攻撃隊の総指揮官である淵田中佐は、早々に朝食をすませると作戦室に向かい、そこで南雲司令長官に挨拶を行った。

「長官、行ってまいります」

「頼む」

二人の会話はそれだけだった。またそれで十分だった。

淵田と南雲は搭乗員待機室に向かう。黒板には〇一三〇の艦隊の現在位置が記されている。オアフ島北、三三〇海里（約六一一キロ）。

全員が南雲に敬礼し、南雲が短い訓示を述べる。そして空母赤城の長谷川艦長が命じる。

「所定命令にしたがって出発！」

空に上がれば全員、淵田の命令にしたがうが、いまはまだ赤城の乗員であり、命令は艦長より発せられるからだ。

六隻の空母の搭乗員を淵田の指揮下に置くという、軍艦の枠を超えた兵力運用は、まだ海軍でも新しい考え方なのである。

〇一二〇（現地時間〇五五〇）より、六隻の空母は艦首に波を立てていた。すでに空母群は三〇ノットの速度で進んでいる。

そうして〇一三〇、ついに発着艦指揮所より発艦指示を示す青ランプが振られる。

海上は必ずしも穏やかではない。その中で三〇ノットの速力を出すために艦の動揺は激しい。駆逐艦、巡洋艦なら揺れるだけだが、空母はそこから発艦しなければならない。

しかし、熟達の搭乗員たちはそうした艦の動揺など織り込み済みだった。

この点では、大型正規空母という軍艦の条件が幸いした。大型艦であるために動揺周期が大きく、搭乗員たちはそれを読むことができたからだ。

まず零戦隊の指揮官である板谷機が統制型エンジンの出力をあげ、出撃する。飛行甲板の動揺に発着機部の将兵たちは息を呑むが、零戦はそれを織り込んだ安定した針路で、機体を飛行甲板より上昇させる。

すべての空母で、すべての零戦が、こうして離陸を成功させた。そして、八〇〇キロ徹甲爆弾を搭載した水平爆撃隊の艦攻が離艦し、飛行甲板が広く使える段階で、雷撃隊の艦攻が発進する。

統制型エンジンの回転数をあげ、三座の艦攻隊はみごとに発艦を成功させる。こうして空母赤城をはじめとして、六隻の空母で一五分という短時間で第一次攻撃隊の発艦と集結を成功させていた。

空母艦載機には艦戦、艦攻、艦爆とあるが、第一次攻撃隊では、空母赤城から艦爆隊は発艦しなかった。艦爆隊は主に第五航空戦隊の航空隊が担っていた。

こうした配分は第二次攻撃隊では変更され、赤城などは艦爆中心となり、第五航空戦隊は艦攻隊を担う。

第一次攻撃隊の総数は二〇〇機といわれる。空母から見ている将兵には、吊り下げているもので区別できるだけで、飛行機としての識別は難しかった。

いずれの機種も統制型液冷エンジンによる機体で、空気抵抗の少ない高速そうな外観はよく似ていた。さすがに艦攻はそうでもないが、九九式艦爆は液冷式エンジンの搭載も相まって時速五〇〇キロの速度を叩き出していた。

艦攻と異なり艦爆は陸軍の軽爆と同一の機体であった。厳密にいえば、九九式艦爆には前期型と後期型がある。両者の違いは簡単で、固定脚が前期型、引込脚が後期型である。

爆弾搭載量も前期型の二五〇キロに対して、後期型は五〇〇キロある。だから別の機体という意見も少なくない。ある意味、そうだろう。

ただ開発サイドの認識としては、九九式艦爆の開発時点で、統制型エンジンの開発ロードマップは出来上がっていた。

そのため九九式艦爆の開発チームは、その時点からエンジンの出力向上を視野に入れた開発を開始し、大馬力エンジンが実用化した場合には、それに対応した改良を加えるロードマップを策定していたのである。

これは国際情勢の緊迫化から、短期間に新型機を開発しなければならないとの考えによるものである。確かに合理的な考え方ではあるが、全面的に導入するにはリスクもあり、陸海軍当局者も軽爆・艦爆で実験してみるという意図があった。

こうした背景から真珠湾作戦では、まだ生産数の少ない九九式艦爆の後期生産型が揃えられ、投入されたのである。

編隊が整い、一航艦からハワイに向かったのは〇一四五であった。淵田中佐の水平爆撃隊を先頭に、その右方に雷撃隊、左方には急降下爆撃隊が位置し、これら攻撃隊の上空五〇〇〇メートルに制空隊の零戦が配置されていた。

制空隊の零戦は燃料の増槽だけでなく、主翼下には三〇キロ爆弾をそれぞれ一発搭載していた。

これは奇襲攻撃で、敵航空部隊を殲滅する意図による。飛行場襲撃の攻撃隊もあるが、その支援の意味と攻撃機を、より対艦攻撃に向けるという意図がある。

零戦隊による空襲はいわば余技ではあったが、それでも急降下爆撃可能というのは大きかった。

部隊はそのまま飛行を続ける。淵田は先行させた偵察機のことが気になった。偵察機から特に報告がないのは、敵に発見されるとか、そういう異変がないということだろう。少なくとも日米は、いまの時点では戦争状態にはない。だから問答無用で撃墜されることもない。

便りがないのは元気な印と解釈はできる。しかし、そのことは別の意味で淵田を不安にした。

すべてが順調すぎる不安。つまり、作戦は計画通りに進展し、自分たちは敵艦隊を本当に攻撃する。敵に発見されないのは朗報だが、どうもそれは雲量が多いためらしい。これはこれで厄介だ。

飛行機の航法では発煙筒などを投下して、それにより偏流を計測し、機体の位置を計算しなければならない。海面が見えないと偏流の計測も難しい。

ハワイに向かっているのは間違いないとしても、ハワイならどこでもいいわけではない。彼らは真珠湾の攻撃に向かっているのだ。

淵田総隊長は、ここでクルシー方位探知機を使用する。アメリカ製の機材で、淵田機にしか装備されていない。

彼はホノルルのKCMB局の電波を傍受し、方位を測定する。測定結果は操縦席の指示計にも現れる。現在位置から五度左。そこにホノルルがある。

「いまより無線航法で前進する」

淵田は操縦席に伝声管でそう伝える。

この時の淵田は幸運に恵まれていた。クルシー方位探知機を調整している中で、航空気象放送を傍受できたからだ。

「ハワイはおおむね半晴、視界良好、北の風一〇ノット」

いままさに必要な情報を、淵田はラジオ放送で手に入れることができた。視界が良好なら、当初の攻撃計画のままでいいだろう。

そうして〇三〇〇、淵田機の前にオアフ島の姿が見えた。

それより少し前、利根・筑摩より発艦した水偵はオアフ島に進出していた。筑摩の水偵が真珠湾、利根の水偵がラハイナ泊地を担当していた。

筑摩の水偵は、まず軍艦より先に石油タンクの群れに驚いた。というのも、連合艦隊が野戦築城に関心の薄いせいもあって、漠然と米太平洋艦隊の石油タンクは地下式であると考えていたためだ。根拠はもちろんない。

だからそれが地上で無防備な姿をさらしていることに、彼らは驚いた。

「連中は攻撃されることを何も考えていなかったのか」

それが水偵の乗員たちの思いだった。そのことを打電するとともに、彼らは最重要情報を伝える。

「真珠湾在泊艦は戦艦一〇、甲巡（重巡）一、乙巡（軽巡）一〇、空母在泊せず」

この重要情報を報告した後、彼らは母艦へと戻っていった。

一方の利根の水偵は、ラハイナ泊地に艦影なしと報告する。つまり、米太平洋艦隊の主力はすべて真珠湾にあることになる。

「石油タンクか……」

淵田総隊長にとって偵察機の報告は、意表をつくものだった。石油タンクが並んでいる。

彼に限らず一航艦の人間にとっては、石油タンクなどの軍港施設は最初から眼中になかった。

石油タンクの価値がわからないわけではない。ただ、敵主力艦の攻撃に神経を向けていたため、それ以外の要素が視界に入っていなかったのだ。

しかし、こうして改めて報告されたとなると、淵田も考えねばならない。敵主力艦の攻撃が最優先という方針に変更はないが、どこかの段階で、石油タンクは破壊する必要がある。

残念ながら、敵空母部隊は真珠湾にいなかった。だが、ここの石油タンクを破壊すれば、航空機燃料の補給に支障をきたすはずで、それで空母部隊の動きは掣肘《せいちゅう》できよう。

問題は何を使うかだ。攻撃機を艦隊の撃破に投入するのは変えられない。となれば戦闘機隊の爆弾か。

そうして〇三二五、淵田機から「トトト」の信号が放たれる。全軍突撃せよという意味だ。

何が、どう突撃するのかについては、あらかじめ決められている。基本的には航空魚雷による攻撃で戦艦群を撃破し、その後、爆撃でとどめを刺す。

ただし視界が悪ければ、急降下爆撃で先に奇襲をかける。このへんは状況次第だ。

淵田は再び「トトト」を第一次攻撃隊の全機に打電する。この二度目の「トトト」は、当初の計画通り雷撃隊が戦艦群に突入するという意味だ。

そうではなくて、急降下爆撃機隊が先に攻撃を仕掛ける時には「ラララ」を打電する。この両者なら間違えるはずがない。

最終段階の奇襲攻撃指示については、信号弾を用いるという案もあった。しかし、敵地上空で信号弾を放つことは、こちらの攻撃意図を気取られるという問題が指摘されていた。

また、演習においても雲量によって信号弾を見落としてしまうために指示がつたわらず、雷撃隊は艦爆隊の突入だと思い、艦爆隊は雷撃隊が突入すると考え、結果的に誰も攻撃しないという事例さえ起きていた。

航空機用無線機の信頼性もあがっているいま、不確実な信号弾を使う必要はないという結論になり、この「トトト」連打になったのである。

浅深度用航空魚雷は雷撃体勢でも安定している。戦艦は埠頭に単独で停泊しているものもあったが、二隻で連なっているものもあった。さすがに埠頭側の一隻は、雷撃では始末できない。それらは航空用徹甲爆弾に委ねるしかないだろう。

ほとんど抵抗のない中で、雷撃機は目の前の戦艦に照準を定める。

雷撃機の風防には、雷撃角度を計算する計算尺のような照準装置があるが、そんなものはいまは不要だ。相手は静止した戦艦、こちらはその横っ腹に突撃すればいい。

距離一〇〇〇で、雷撃隊はそれぞれの戦艦に雷撃を敢行した。この時に狙われた戦艦は、海側に側面をさらしている六隻だ。残り四隻は左舷側に戦艦、右舷側に埠頭という形で、雷撃では攻撃できない位置にいた。

それでも雷撃隊は攻撃できる戦艦に対して、すべて命中弾を出すことに成功していた。六隻の戦艦の側面に多いもので三発、少ないものでも二発の航空魚雷が命中する。

アメリカ時間では日曜日である。真珠湾に在泊する艦艇の乗員は、ほとんどが陸にあがっていた。残っている人間は多くない。

彼らは雷撃を受けるまで、自分たちが攻撃されているとは思わなかった。戦争の噂は流れていたので、航空隊が日曜返上で訓練している程度の認識だったのだ。

この時期の米陸海軍の日本軍航空隊への認識は、一部の将兵こそ危機感を持ってレポートを送っていたものの、全般的に偏見に満ちたものだった。

自動車さえアメリカの数千分の一（アメリカがフォードT型を一〇〇〇万台生産した時、日本の国産車は年間一〇〇〇台にも満たなかった）の生産力・技術力しかない日本が、近代的な全金属単葉の液冷エンジン搭載機を生産できるはずがない。

それが彼らの認識で、漠然と日本軍はいまだに複葉機を飛ばしているという偏見があった。

だからこそ「メッサーシュミットみたいな軍用機」（目撃者談）が、真珠湾を攻撃する日本軍機とは思えなかったのだ。

後のことになるが、米太平洋艦隊は真珠湾奇襲の失態の悪い印象を少しでも軽減する意図で、「日本軍はドイツ軍機の支援を受けて真珠湾を攻撃した」という宣伝を行った。

当局者の意図としては「遅れたアジアの工業国に遅れを取ったのではなく、ナチスドイツの陰謀で奇襲された」という構図で、自分たちの落ち度の印象を薄くしたかったらしい。

日独伊三国同盟のこともあり、大統領にヨーロッパ戦線への介入の意図があったこともあり、この宣伝はそれなりの効果があった。なによりもナチスドイツが、枢軸国の連携の強さを誇示するため、アメリカの宣伝に乗ったことも大きかった。

さすがに日本の大本営は国産機の戦果を強調するが、日本の新聞報道が海外で広く紹介されるはずもない。この「真珠湾神話」はかなり長いあいだ流布されることになる。

これだけなら話は宣伝戦のエピソードで終わるのであるが、最前線の将兵には宣伝ではすまなかった。

この宣伝により変な先入観を持たされた米陸海軍航空隊の将兵は、日本軍機への研究を十分に行うことなく日本軍機との戦闘を行ったため、無駄に犠牲を出す結果となったのだ。とはいえ、それはまだ先の話である。

航空魚雷の直撃を受けた戦艦群は、大量の浸水と火災に対してなす術がなかった。ダメージコントロールを行うべき人員が絶対的に足らないからだ。

そうした中に三機の雷撃機がいた。真珠湾に在泊する戦艦の数などは未知数であったため、結果を言えば、雷撃隊は多めに投入されていた。

なので戦艦を攻撃できない雷撃隊は巡洋艦を雷撃したが、あくまでも戦艦を狙う者たちもいた。彼らは戦艦三隻が埠頭に横一列に並ぶ一群に照準を定めた。

両脇を戦艦に挟まれた形の真ん中の戦艦を艦尾正面から雷撃しようとしたのであ

る。そうすれば機関部が破壊され、戦艦はスクラップにするしかない。

航行中の戦艦ならそれは難しいが、停泊中の動かない戦艦なら可能であるはずだ。

さすがに幅三〇メートルに満たない艦尾正面に雷撃を仕掛けるのは難しいが、外れても両隣のどちらかに命中するだろう。

ここで雷撃機は縦一列になり、互いの距離をあけて順次雷撃する。距離をあけるのは魚雷の相互干渉を避けるためだ。魚雷は直線上に進み、真ん中の戦艦に艦尾正面に命中した。

二発が命中し、命中箇所が数メートルずれたので、左右両舷に命中する結果となった。それらは機関部に甚大な被害を与えた。

三本目の魚雷は海側の戦艦の艦尾に命中する。その戦艦はすでに雷撃を受けていたため、この三本目の命中で完全に廃艦となった。

しかし、ここに錯誤があった。

三隻が横付けされていると思われていた戦艦群は、じつは外側がニューオリンズ級重巡洋艦であった。隣接する戦艦がネヴァダ級戦艦二隻であったため、両者の全長はそれほどの違いはなく、上空からは巡洋艦とは思われなかったのである。

一方、この時、ドックにはペンシルバニア級戦艦が入っていた。この一隻は工事中のため、上空からは戦艦とは見えなかった。甲板の上に工事用の作業小屋などが置かれていたためだろう。

この戦艦を急降下爆撃隊が発見する。五〇〇キロ徹甲爆弾を搭載した艦爆三機が、ペンシルバニア級戦艦へと突っ込んでいく。

ドックで作業している人間はなく、戦艦からの対空火器の応戦もない。

艦爆三機は十分な照準をつけて、ペンシルバニア級戦艦へと投弾を行った。三機のうち二機の爆撃は成功し、徹甲爆弾は戦艦の中で起爆する。

爆弾により火災が発生するが、消火する人間はなく、また補機も動いていない。他の戦艦群が攻撃されている関係で、誰もがドックの中のペンシルバニア級戦艦のことなど失念していたのだ。

そして三機のうちの一機の爆弾は、戦艦には命中しなかったがドックを直撃し、注排水装置などを破壊してしまう。

これが米軍にとっては致命的となる。ドックには戦艦のスクラップがあり、ドックそのものも甚大な被害を受けた。

そのためドックを復旧するには、戦艦のスクラップを解体して運び出さねばならない。ドックが無傷ならペンシルバニア級戦艦を修復することも可能だが、まさに大破した戦艦こそが、ドック修理の障害物なのである。

こうして雷撃隊や艦爆隊の攻撃の後に、八〇〇キロ徹甲爆弾を搭載した水平爆撃隊が攻撃にかかる。

予想以上の好首尾のため、水平爆撃隊は残敵掃討に近かった。残っている戦艦群に爆撃を仕掛ける。

それらの爆弾は残された無傷の戦艦にも命中したが、すでに雷撃を受けた近隣の戦艦にも命中し、それらを完全に破壊する。

これはサルベージをほぼ不可能にしただけでなく、水平爆撃を受けた戦艦の修理も著《いちじる》しく困難にした。なぜなら、その戦艦を修理するためには、となりの破壊された戦艦をどうにかしなければならなかったためだ。

こうして第一次攻撃隊が奇襲攻撃を成功させている間に、制空隊である零戦隊は迎撃機がないことにも幸いされ、分散して各航空基地に向かった。

零戦の機銃掃射と搭載爆弾による爆撃で、オアフ島の陸海軍航空基地は、飛行機のほとんどを地上破壊され、なおかつ小なりとはいえ、三〇キロ爆弾の爆撃で滑走路の使用も一時的に不可能になっていた。

こうして地上で破壊された爆撃機の中には、ハワイに到着したばかりのB17爆撃機の一団もあった。それらが地上破壊されたことは、米陸海軍が航空機で一航艦に反撃するのはほぼ不可能となったことを意味していた。

こうした零戦隊の一部は、爆弾を真珠湾の石油タンクに投下する。彼らは状況により石油タンクの破壊も命じられていた。石油タンク自体が偵察機が直前に発見したものであり、その後の影響までは十分に検討されていなかった。

戦闘機が搭載している爆弾など小さなものでしかないが、石油タンクには致命的な損害をもたらした。一つの爆発とそれによる火災は、隣接する石油タンクの誘爆をもたらす。

石油タンク群は滑走路近くに二箇所あったが、それらが炎上することで周辺は黒煙に覆われた。

第一次攻撃隊にとっては、攻撃はこれで終了したようなものだったが、米太平洋艦隊司令部にとって試練はここから始まった。

誘爆し、破壊された石油タンクの燃料は、そのまま炎上しながら周辺部に拡大していった。その周辺部に米太平洋艦隊司令部施設と関連施設が含まれていた。

炎上した石油燃料は道路や鉄道を介して広がっていったが、それはそのまま交通インフラの破壊を意味した。当然、電話などの通信インフラも使用不能となり、電気も途絶した。

そのため米太平洋艦隊司令部は外部と連絡が取れないばかりか、そもそも組織として機能できる状態ではなかった。

事後に明らかになるのは、この石油タンクの爆撃により、米太平洋艦隊のキンメル司令長官が戦死したことだった。正確には、生存が確認されていないので死亡したと判断されたというのが実情に近い。

周辺が高温で焼き払われたため、遺体の身元確認もほぼ不可能であったためだ。キンメル司令長官についていえば、太平洋艦隊司令部で亡くなったのと、脱出用の自動車が火災に襲われたという二つの説があった。いずれにせよ、殉職は変わらない。

3

第一次攻撃隊の攻撃は、空襲を受ける側には数時間の長さに思われたが、じっさいは三〇分ほどの出来事だった。〇四〇〇に第一次攻撃隊は帰還した。

しかし、残された真珠湾の将兵は、途方に暮れる余裕さえなかった。基地全体が火災に見舞われているためだ。

基地に残っていたものと、基地から外に出て大急ぎで戻ってきたもの。その両者を火災が阻む。内の人間は外に出られず、外の人間は内に入ることができない。

さらに問題は、軍港内が明らかに被害を受けていることだった。戦艦や巡洋艦が燃えている。外の人間たちにしてみれば、どこから手をつけるべきかがわからない。そしてその判断ができる人は、日本軍の奇襲により死亡している。

結果的にそれぞれの場所で、部隊単位でさえない軍人たちが消火活動にあたるしかなかった。

水をポンプで散水できる恵まれたチームもあれば、バケツリレーで対処するしかないチームもあった。

そうして〇四三二、第二次攻撃隊の二〇〇機がオアフ島上空に到達した。

しかし、最初の制空隊が飛行場に機銃掃射や爆撃を行ったため、第二次攻撃を迎え撃つ戦闘機は、一機かせいぜい二機であり、それらは鎧袖一触《がいしゅういっしょく》で撃墜された。

制空隊は、ともかく身軽になるために爆弾を捨てた。石油タンクは炎上しており、彼らには特にこれという爆撃目標は示されていなかった。

ほぼ基地施設内なら、なんでもいいだろう程度の気持ちでの爆撃であった。

さすがに炎上しているところには爆撃せず、炎上していない場所への投弾となったが、それは米太平洋艦隊にとって致命的な打撃となった。

かろうじて生きていた電力と電話回線は、その爆撃で完全に寸断されたのだ。

すでに第一次攻撃隊により、真珠湾の主力艦はほぼ沈没あるいは大破していた。それでも巡洋艦などは残っており、これらは周辺の火災に無力感を覚えていただけに、対空戦にすべての力をぶつけてきた。

ただ、この対空戦は石油タンクの炎上などで視界が遮られ、互いに相手の姿が見えないという不思議な状況の中で行われていた。

これは攻撃隊にとっては不利な状況かと思われたが、艦爆隊の指揮官である江草少佐は、煙の中から見える対空火器の曳光弾《えいこうだん》で敵艦の位置を推測し、それに向かって果敢に突撃を敢行した。列機もそれにならった。

この時点で、対空戦闘を行っている中核は巡洋艦であった。それらに対して黒煙の中から無数とも思える艦爆が殺到する。

この瞬間から攻守の力関係は変わっていた。高角砲を使うには近すぎ、そもそも照準がつかない。残された対空火器は機銃だけ。

しかし艦爆側は、曳光弾でほぼ照準を定めている。なおかつ曳光弾のおかげで風による偏流量も読み取っていた。

対空火器の人間が艦爆を認めた時には、すでに江草機をはじめとして投弾を終えていた。爆弾は徹甲爆弾で、それらは巡洋艦に次々と命中する。この時の命中率は正確な数値こそ出ていないが、最低でも七割と言われている。

戦艦ではなく巡洋艦であり、投下した爆弾は五〇〇キロ徹甲爆弾だった。重巡の砲塔正面なら、あるいは貫通を免れたかもしれないが、爆弾の中には砲塔の天井に命中し、砲塔内で爆発したものもあった。さすがに砲塔を直撃すれば、火薬庫への誘爆は避けがたい。その巡洋艦は火柱をあげて轟沈《ごうちん》した。

このように艦爆隊は、多数の巡洋艦や駆逐艦を急降下爆撃で撃破できた。しかし、石油タンクの火災や艦艇の炎上で、水平爆撃や雷撃隊にとっては著しく攻撃は困難であった。

状況を考えるなら、真珠湾の主力艦はほとんど撃沈されているようだ。巡洋艦も少なからず被害が出ているだろう。それでも正確な戦果確認は難しい。

そんな時に風向きが変わり、一瞬だが湾内の状況が水平爆撃隊の艦攻から見渡すことができた。やはりほとんどの大型水上艦艇から煙があがっている。

ここで指揮官は、水平爆撃を水上艦艇ではなく地上施設攻撃に切り替えた。撃破すべき軍艦が残っていなさそうなのと、この黒煙の中では水平爆撃の成功はおぼつかないとの判断だ。

爆撃対象は、比較的火災の影響が少ない航空基地に定められた。滑走路ではなく格納庫や周辺の工場だ。

多くが八〇〇キロ徹甲爆弾を搭載していたため、地上施設は地下の基礎部分から掘り崩されるように破壊された。すでに鎮火したはずの基地施設も、この爆撃で再び火災に見舞われる。

問題は雷撃隊だった。上空からは視界が悪く、すでに対空火器の応酬も途絶えている。

それは接近を容易にしたが、対空火器によって照準を定めることはできなくなっていた。

そこで雷撃隊は一気に高度を下げ、海面すれすれで真珠湾に突入する。それは非常に危険な攻撃であった。どこが海面かも判然としない状況で、勘を頼りに高度を下げねばならないからだ。

ただ真珠湾も完全に黒煙に包まれているわけではない。海面が見える場所もあり、さらに消火作業や救援のための小型艇も動いている。

雷撃隊はそれらを目安にして、高度を下げ黒煙の中に突っ込んでいった。

黒煙を抜けると海面が見える。それはほぼイメージしていたとおりの海面で、つまり高度の見積もりは正しかったことでもある。

そうして雲の下で陣形を整え、雷撃隊は狙うべき攻撃目標を探す。しかし、主力艦も巡洋艦もめぼしい軍艦はすでに黒煙をあげていた。

「よし、あれだ！」

運のいい雷撃隊は脱出しようとしていた巡洋艦を発見し、それに対して雷撃を行うことができた。巡洋艦にとって不運だったのは、彼らも黒煙のために上空視界が確保できないことだった。

しかも、彼らはまさにこの黒煙に隠れての脱出を試みていたため、雷撃隊を発見できなかったのは必然とも言えた。

だから巡洋艦から見れば、黒煙が晴れたら雷撃機が現れたように見えただろう。

彼らのもう一つの不運は、艦首部こそ煙の中にあったが、艦尾部は煙から抜けており、雷撃隊からは位置がわかったが、艦橋の人間たちにはそれがわからなかったことだ。

だから艦首部の煙が晴れた時には、雷撃体勢を整えた雷撃隊がいた。転舵も対空火器も間に合わない。雷撃は行われ、二本の航空魚雷が命中し、巡洋艦は沈んだ。

ただし、すべての雷撃隊が幸運に恵まれたわけではなかった。攻撃しやすい軍艦はすでに攻撃されている。

いくつかの雷撃隊は、損傷の軽そうな主力艦に雷撃を敢行した。確かにこれも無意味な攻撃ではなく、この雷撃により炎上の割には損害が軽微で、中破程度だった戦艦がサルベージ不能なまでに破壊されたりもした。

ある雷撃隊は駆逐艦に雷撃を仕掛けてこれを撃沈した。そして、ある雷撃隊は計算外のものを雷撃した。

「あれはなんだ?」

それは黒煙の中から、シルエットしか見えなかったが、何かの大型艦なのは間違いない。

「まだあんな大物が残っていたとはな」

雷撃隊の隊長はそれが意外だった。

ほとんどの有力艦は撃沈されていると聞いていたからだ。しかし、現実に大型艦がいる。それは脱出しようとしているらしい。

雷撃隊はその巨艦に雷撃を仕掛ける。巨艦からも対空射撃が行われるが、それは大型艦にしては不十分に思えた。

少なくとも雷撃隊をひるませるほどの威力はない。雷撃は行われ、魚雷は三本が命中する。

事実上、第二次攻撃隊の攻撃はこの雷撃で終了した。そして雷撃隊は気がついていなかったが、彼らが沈めたのは戦艦でも巡洋艦でもなく、工作艦であった。

工作艦の撃沈も当初の計画にはなかった。計画になかったというよりも、そもそも眼中になかったというべきかもしれない。じっさい大本営発表では、工作艦は「……他、貨物船等」とひとまとめに戦果としてまとめられていた。

大本営発表の時点では正体不明であり、それが工作船とわかった時も、特に発表はなかった。

しかし米太平洋艦隊にとって、それはきわめて大きな痛手となった。

工作艦で応急処置ができれば、サンディエゴまで回航できたはずの艦艇が真珠湾には何隻もあったにもかかわらず、その応急処置ができず、事態が落ち着いた頃には錆びるに任せて廃艦にするしかなくなったからである。

つまり一隻の工作艦の撃沈のはずが、損傷艦数隻を道連れにした結果になったのだ。ただ、この工作艦に関する事実が日本側に明らかになるのは、一〇年以上先のことであった。

第一航空艦隊旗艦赤城では第一次攻撃隊が帰還し、第二次攻撃隊の戦果が報告される中で、ひとつの議論が起きていた。それは、第三次攻撃隊を出すかどうかという話である。

「第三次攻撃隊を出して戦果を拡大すべきです！」

源田航空参謀などはそう主張するが、司令部内ではそうした意見への賛同者は少なかった。

「戦果を拡大というが、何を攻撃するのか」

参謀長の意見がすべてを要約していた。第二次攻撃隊の報告でも、主力艦も巡洋艦も全滅というではないか。

「戦果確認のために水偵を出しますか」

そうした意見も出されたが、それも否定された。空母から偵察機を出すなら攻撃隊を出しても大差はない。

さらに石油タンクが炎上し、真珠湾上空の視界は黒煙で著しく低下しており、戦果確認をいま行う意味がないという意見である。

戦果確認は後日、飛行艇などで行うとして、議論は第三次攻撃隊の動向に向かう。

議論がまとまらない中で、帰還したばかりの淵田隊長が意外な提案を行った。

「真珠湾の戦艦巡洋艦は全滅したものと考えられるが、空母は一隻もいなかった。しかし、数日前までは在泊していたことが報告されている。

おそらくは近海で演習なり任務についているものと思われる。現下の状況を考えれば、演習であれば近海、任務であればウェーク島なりグアム島と考えるのが妥当だろう。

そうであるなら、早急に帰国の途につき、敵空母部隊との遭遇に備えるべきではないか」

淵田の真意は、第三次攻撃隊を出さずに帰還することにあった。

六隻の大型正規空母はすべて無傷だ。図上演習では一隻、二隻は撃沈を覚悟しなければならなかったというのに。そうであれば、喪失艦が出る前に日本に戻るべきだろう。

そういう真意を、彼は「敵空母撃破」という言葉で置き換えた。親友の提案に源田参謀も第三次攻撃の提案を取り下げる。
　こうして第一航空艦隊は、第二次攻撃隊を収容後に真珠湾をあとにしたのであった。

（超武装戦闘機隊〔上〕　了）

コスミック文庫

超《ちょう》武《ぶ》装《そう》戦《せん》闘《とう》機《き》隊《たい》[上]
新型「毒蛇」誕生

2022年8月25日　初版発行

【著 者】
林《はやし》　譲治《じょうじ》

【発行者】
相澤　晃

【発 行】
株式会社コスミック出版
〒154-0002 東京都世田谷区下馬 6-15-4
代表　TEL.03(5432)7081
営業　TEL.03(5432)7084
FAX.03(5432)7088
編集　TEL.03(5432)7086
FAX.03(5432)7090

【ホームページ】
http://www.cosmicpub.com/

【振替口座】
00110-8-611382

【印刷／製本】
中央精版印刷株式会社

ISBN978-4-7747-6406-1 C0193